桃太郎は鬼ヶ島を
もう一度襲撃することにした

森達也

ワニブックス
|PLUS|新書

本書は「WANI BOOKOUT」（ワニブックス）に、二〇一八年十月から
二〇二一年六月まで掲載したものに加筆修正したものです。
この物語はフィクションです。実在の人物や団体などとは関係がありません。

目次

第1話　鬼ヶ島再襲撃

スマホが震えた。ディスプレイには顔写真のアイコン。にやついた顔が大きすぎて、フレームから両頬がはみ出している。久しぶりだな、とつぶやきながら、キジはスマホを耳に当てた。

「はい。恭一です」

「ご無沙汰だな。その後、どうだ」

甲高い声が耳に響く。少しだけスマホを耳から離してから、「どうだと言われても」とキジは答える。相変わらず耳障りな声だ。太っているせいか呼吸も荒い。

「……とりあえず、しがないフリーランスのディレクターで日々を過ごしています」

「鳥だからとりあえずか」

（笑）と語尾につけたくなるジョークを聞き流して、「先週テレビ朝日の仕事を終えたばかりです」とキジの恭一は言った。

「来週、空いているか」

いきなりだ。その後はどうだと質問しておきながら、桃太郎はキジの答えに興味を示さない。変わってないなとキジは思う。そもそも桃太郎は他人に興味がない。頭の中は自分のことでいっぱいだ。少し間をおいてから、「来週は空いています」とキジは答える。

「一緒に鬼ヶ島に行くぞ」

　桃太郎は言った。

「鬼たちがまた増えている。そろそろ成敗しなければならない」

「……それは、ディレクターとして、ということでしょうか」

　キジは念を押した。6年前に初めて鬼ヶ島に行ったとき、桃太郎はメインカメラマンとレポーターとディレクターを兼ねていた。サルの和幸はサブカメラと照明、イヌの智子は音声担当、そしてキジの恭一はADだった。このときも、鬼ヶ島で悪い鬼たちを成敗して、その映像をテレビ局に売ろうと提案したのは桃太郎だった。

　彼の肩書は正義のジャーナリスト。そもそもの仕事はテレビディレクターだったが、その後にドキュメンタリー映画を撮ったりノンフィクションを書いたりもしていた。要するに山師みたいなものだ、とキジは内心思っている。

　そもそも鬼ヶ島に暮らしていた鬼たちは、何も悪いことはしていない。

確かにかつて都会に住んでいたころ、鬼たちは人間にいろいろ悪さをして、反社会的存在とされていた。でもそれは一昔前だ。一寸法師や金太郎（坂田金時《さかたのきんとき》）、渡辺綱《わたなべのつな》など多くの武将や英雄たちに退治されるたび、自分たちの生きかたはこれでよいのかと鬼たちは悩み、沖合にあった無人島に一族郎党を引き連れて移住し、細々と自給自足の生活を送り始めた。

それから何十年も過ぎている。でも桃太郎は鬼たちに目をつけた。あいつらが本当に改心などするはずがないとの理屈だった。危機は絶対に消えない。ならば元を断つしかない。これは正義の闘いだ。大丈夫。社会は絶対に俺たちに味方する。

こうして桃太郎をリーダーとしたチームは鬼ヶ島に乗り込んだ。その顛末《てんまつ》を描写した『王様は裸だと言った子供はその後どうなったか』（集英社新書）から、以下に一部を引用する。

さて海辺では鬼の子供たちが、モリやヤスを手に魚を獲っていました。食料資源の少ない鬼が島では、子供たちが獲る魚も貴重な動物性たんぱく源です。船から降りた桃太郎は、サルがサブカメラのスイッチを入れたことを横目で確認してから、メインカメラを担いでマイクを掴み、子供たちに向かって走りだしました。これこそ彼の得意技、一人実況レポートです。

「ご覧ください。たった今、島に上陸したわれわれの目の前で、鬼の子供たちが魚を虐待しています。ああ、突き刺した。これはひどい。虐殺です。魚に何の罪があるのでしょうか。やはり鬼は鬼なのでしょうか。羊の皮を被りながら、こうして島では非人道的な行為を繰り返してきたのです」

驚いたのは子供たちです。何しろマイクを持った肥満体の侍が、獰猛《どうもう》そうな獣たちを引き連れて凄い形相で走ってくるのです。ビデオカメラのレンズは、遠目には銃口のように見えることもあって、子供たちは軽いパニックに陥りました。獲ったばかりの魚や貝をその場に放り出して、怯《おび》えてその場から一目散に逃げ出します。桃太郎はマイクを掴んだまま全力疾走です。

「なぜ、逃げる、のでしょうか。疚《やま》しいことが、あるからとしか、考えられ、ません。卑劣、です。絶対に、許せ……ません！」

息継ぎが多いのは、最近急激に太ったこともあって、息がすでにあがっていたからだ。サブカメラや他の機材を担いだサルとイヌとキジが、桃太郎を追い越した。

「私はもう、これ以上は、走れ、ません。現場からのレポートは、これが最後に、なるかもしれません、でも、……お天道様は許しても、正義のジャーナリストだけは、ごまかせねえ。今すぐ成敗を、受けやがれえええ」

息も絶え絶えに叫んだ桃太郎は、砂の中に倒れこみました。メインカメラは砂の中。少ししてからちらりと顔をあげると、サブカメラを持ったサルの後姿が遠くに見えます。なぜオレを撮らないんだバカヤロウ。そう思いながらも、とりあえず桃太郎はバッグからポカリスエットを取り出しました。鬼の子供たちの顔には、放送時にはモザイクがかけられるでしょう。鬼といえども、最近は人権問題がうるさいからです。でも本当はモザイクがかかっていたほうが、怯えて泣きじゃくる顔を隠せるので好都合なのです。

子供の泣き声に親たちが出てきました。突進してくるサルとイヌとキジに一瞬たじろいだけれど、追われているのは自分の子供たちなのです。当然ながらあわてて向かっていきます。

「やったぞ。これは凄い画だ！」

再び手にしたメインカメラのファインダーに片目を当てながら、桃太郎は嬉しそうに叫びます。牙を口の端から覗《のぞ》かせた鬼たちが、怒りの形相で突進してくるその映像は、確かに大迫力です。イヌとサルとキジは、さすがにたじろいだのか、その場に立ち尽くしました。そのとき、サイレンの音があたりに響きます。抜かりのない桃太郎は、鬼たちの反撃を想定して、ちゃんと沿岸警備隊に連絡しておいたのです。

こうして鬼が島の鬼たちは一網打尽に検挙されました。警備隊に逆らった何匹かの鬼は、こっそりと激しい暴行を受けたようです。船に一杯の金銀財宝を載せて、桃太郎たちは意気揚々と帰途につきました。要するに略奪です。

桃太郎が撮ったこの映像はテレビ局に持ち込まれて大きな評判になり、桃太郎は正義のジャーナリストとして時の人となった。

映像だけではなく、本を出せばベストセラーになった。タイトルは『お天道様は許しても正義のジャーナリストは許さねえ！』。帯には人気タレントの「感動と勇気をもらいました！」「涙が止まりません」などのコメントが記されている。

桃太郎はワイドショーのコメンテーターにもなった。芸能人の離婚問題や日大アメフト部やボクシング連盟の不祥事に森友・加計問題まで、硬軟自在にコメントするから、テレビ各局で引っ張りだこになっていたはずだ。

スマホを耳に当てながら、なぜまた鬼ヶ島に行きたいなどと言いだしたのだろうとキジは首をひねる。

「まあここだけの話だけど」と桃太郎は言った。「いろいろ事情があるんだよ」

「ここだけの話」と言いながら、「いろいろ事情がある」ではまったく繫がらない。意味がわからない。でもキジはピンときた。最近読んだ週刊誌に、次の参院選に桃太郎が与党から出馬準備をしているとの記事が載っていたことを思い出したのだ。最終的なゴールは政治家なのだろう。だから出馬前に、国民的な人気をもう一度集めておきたいということなのか。いずれにせよ最終的なゴールが政治家ならば、それは確かに桃太郎らしい。

　キジは小学生のころ、学級委員や生徒会長に自ら立候補するタイプが苦手だった。例外なく全員とは言わないけれど、彼らには共通する何かがある。そして桃太郎はその何かを、とても過剰に発散している。

「和幸と智子はもうスケジュールを押さえた」と桃太郎は言った。「あとは恭一だけだ。やっぱりこのメンバーで行きたいじゃないか」

　よく言うよ、とキジは思わず言いかける。前回の鬼ヶ島征伐のときは、名声はすべて桃太郎が独占した。外国人特派員協会で全員が揃って記者会見をしないかとの打診があったとき、他のメンバーは都合がつかないので登壇するのは自分だけだと、桃太郎が独断で返事をしたことも知っている。和幸と智子もあのときはあきれていた。あいつとは二度と関わり合いになりたくないと二人は言っていたけれど、その後は生活に困っていたようだから、たぶん今回は日銭に釣られたのだろうとキジは考えた。

　その事情は自分も同じだ。最近はフリーランスのディレクターにあまり仕事が来ない。桃太郎の顔を見ると不愉快になるが、どうせ単発の仕事だ。引き受けよう。

　こうして翌週、キジとサルとイヌと桃太郎は、撮影機材を載せた小船で鬼ヶ島へと向かった。カメラを持ったサルに桃太郎は目で合図を送ってから、櫓《ろ》をこぐ初老の船頭に「最近の鬼たちの様子はどうですか」と質問した。

「おとなしいもんじゃ」と船頭はのんびりした口調で答える。「最近は鬼ヶ島への観光客も増えてきよった。だから観光収入も入るようじゃの」

「おとなしいのは上辺《うわべ》だけですよ。その観光収入でミサイルを開発しているとの情報があります」

「それはなかっぺよ」

いきなり否定されて、桃太郎は少しだけむきになる。

「ソースは間違いありません」

「そんな話は初めて聞いたべ。フェイクニュースじゃねえのか」

「事実です」

そう言ってから桃太郎は、「トゥルースです」と言い直した。そっちのほうが格好いいと思ったのだろう。それから懐《ふところ》からとりだしたスマホを操作して、船頭の前に差し出した。

「ここに載っています」

キジはちらりとスマホに視線を送る。目に入ったのは「鬼ヶ島からミサイルが飛んでくる！」「日本列島は火の海になる！」などの大きな活字。まとめサイトの見出しのようだ。たぶん「保守速報」だろう。

ネットで探した既成の記事を新たにアップする保守速報などまとめサイトは、ほぼ必ず見出しを新たに作る。要するに過激にする。本文を最後まで読めば、「そうした動きがあるとの情報がある」とか「危惧する人もいる」などの記述があるはずだが、見出しはその記述を1か0に四捨五入して過激な箇所を強調する。強調しながら断定する。なぜならそのほうが、アクセス数が上がるからだ。

本文を読めばそのからくりに気づくことができるが、スマホを手にする多くの人は本文を読まない。見出しだけで判断する。それから「こいつは国賊だ」とか「非国民に天誅を下せ」などとコメントをつけてSNSで拡散する。ただし（見出しはともかく）本文を載せているので、明らかなフェイクではない。とはいえもちろんトゥルースでもない。その狭間《はざま》だ。でもその狭間を読み解く力（リテラシー）が社会にはない。

トランプが当選したアメリカ大統領選以降、フェイクニュースとかオルタナティブファクトなどの言葉が氾濫した。実際に大統領選の際には、ローマ教皇がトランプを支持しているとか対立候補のヒラリーがＩＳに資金供与していたとか、明らかなフェイクニュースはいくらでもあった。だから情報の真贋《しんがん》について意識を持つこと自体は、もちろん悪いことではない。

でもフェイクが注目されるということは、その対立概念であるトゥルースが注目されることでもある。それは危険だとキジは考えている。完璧なフェイクと同様に完璧なトゥルースもめったにない。あるとしても「北海道は日本でいちばん面積の大きい都道府県である」とか「昨夜私は吉野家で牛丼を食べた」などシンプルな事実だけ。沖縄の基地問題とか異常気象とかエコロジーとかジェンダー問題とか、ほとんどの現象や事象は視点が変われば見える景色も変わる。たった一つの真実という言葉を多くの人は気軽に使うが、それは概念でしかない。

かつて番組制作会社に勤務していたキジの恭一は、ＡＤからディレクターに昇進して数年が過ぎたころ、「事実はない。あるのは解釈だけだ」との言葉をニーチェが残していたことを知った。そしてこのとき、まさしく我が意を得たり、と感じた。事実はどこから見るかで変わる。あるいは見る人によっても違う。記者やカメラマン、ディレクターやライターなど、その人の人生観、思想や哲学、イデオロギーや物の捉えかた、どの組織に帰属しているかなどの立場、こうした要素によって、事実の解釈はくるくると変わる。

キジのこの主張に対して、文章はともかく映像は紛れもない事実ではないのか、と反論する人がたまにいる。残念でした。確かにフレーム内は事実だが、そのフレームを選んでいるのはカメラマンでありディレクターだ。もしもアングルや撮影ポジションを変えれば、まったく違う光景が現れる。

さらに映像の場合は、撮影後に編集という過程がある。カットのつなぎかたによって意味が変わる。つまりモンタージュ理論だ。そしてこの意味を選択しているのも、結局のところディレクターである自分なのだ。

テレビディレクターとして仕事を続けながら、キジの恭一はこのジレンマに悩み始めた。客観的な真実など撮れない。あったとしても虚と実は分けられない。提示できるのは自分の視点なのだ。主観と言い換えてもいい。それは虚でもあるし実でもある。それ以上でも以下でもない。

ジャーナリズムを志す者にとって、真実という言葉は麻薬のように魅力がある。キジにもそんな時期があった。でもオウム真理教が地下鉄サリン事件を起こしたとき、現役信者たちのドキュメンタリーを一人で撮ったことで、自分が伝えられることは結局のところ自らの主観なのだと気がついた。それ以上でも以下でもない。何かを伝えようと思った瞬間に主観は発動している。完全な客観性や中立性を実現することなど不可能だ。

悩みながらキジは決意した。客観を装わないこと。主観であることを隠さないこと。現場で感知した自分の思いを裏切らないこと。所属する会社の上司や視聴率や世相に過剰に迎合しないこと。

ただしキジのこのスタンスは、組織人としては失格だった。使いづらいディレクターとの評判は広がり、少しずつ仕事は減り、会社に居場所がなくなって退職届を出し、今ではその日暮らしのありさまだ。家に帰れば腹をすかした家族が待っている。雛《ひな》は毎年春に数羽生まれる。教育費だけでも大変だ。次の仕事はＴＢＳの報道番組だが、ロケの予定は来月だ。少し間が空いている。鬼ヶ島のこの仕事は、スケジュール的にはちょうどよい。

保守速報の見出しをじっと見つめながら船頭は、「こらぶったまげた」とつぶやいた。「鬼の奴ら、こんなことを内心は企んでいたんか」

「あきれますよね」

「ミサイル基地など冗談じゃなかっぺよ」

「放っておいたら攻撃されます」

「こうなったら先手必勝だっぺ。要するに敵基地攻撃論」

「……専門用語をご存知ですね」

「自民党の議員が言ってたっぺよ。これは自衛だんべ。子や孫を守らんといけん。こらあ許せん。お仕置きせねばダメだ」

うなずきながら桃太郎は、サルにもう撮影はいいよと目で合図を送った。オンエアで使うのは後半だけだ。ならば鬼の脅威に怯える村人たち、という構図を強調できる。トウルースとしては微妙だ。でも完全なフェイクでもない。うなずいてカメラをしまうサルを横目で見ながら、キジはふいに言った。

「ディレクターは私です」

間が空いた。サルとイヌと桃太郎は驚いたように口を開けて自分を見つめている。でも言うべきことは言わねば。ゆっくりと息を吐いてから桃太郎に視線を定め、キジはさらに「アドバイスは歓迎します」と言った。「でも撮影や編集については、私が判断します」

「……何だよ急に」

そう言いながら桃太郎は下卑た笑いを浮かべる。文字にすればニヤニヤ。でもこれも、結局はキジの視点なのだ。もしも桃太郎に好意を持っている人ならば、この笑みをニコニコと記述するだろう。それが表現の本質だ。

「わかったわかった。恭一も偉くなったよな。今回のおれはレポーターだ。ディレクションに口出しはしない。現場での指示や編集はおまえに任せるよ」

三人は鬼ヶ島に上陸した。あとは前回の通り。海岸で遊ぶ鬼の子供たちをまずは追いかけ、次に子供たちを救おうと向かってくる鬼の母親と父親を撮った。前回との違いは、スマホを手にした桃太郎は自分の突進シーンを撮らせると、あとは日陰に寝転んでSNSで実況中継をしていたことくらいだろう。

どうやら今回も桃太郎が手引きしていたらしく、沿岸警備隊や他のメディアが島に上陸してきて、鬼たちを追いかけ回している。その光景をしばらく見つめてから、キジはサルの和幸に「カメラの向きを変えるぞ」と耳打ちした。

「向きを変える？」

しばらく考えてから、和幸は大きくうなずいた。鬼たちの傍《そば》に近づくと、泣きべそをかいている子供の肩をそっとさすってから、不安そうに自分たちを見つめる鬼たちに小さくうなずいて、和幸はカメラを肩に担ぐ。ただし向きは180度逆だ。鬼たちから見たメディア。鬼たちから見た捜査権力。鬼たちから見た社会。フレームの中には、スマホに夢中の桃太郎も映りこんでいる。

編集を終えた「報道特集」はＴＢＳ系列で放送された。オンエア中に桃太郎から何度も電話が来たが、キジは黙殺した。

ＶＴＲが終了して、スタジオにいた金平茂紀キャスターは、「これはフェイクではありません。でもトゥルースでもありません。事実の断面のひとつです」とコメントした。

とっぴんぱらりのぷう。

第2話　石のスープ

むかし、三にんのへいたいが、みしらぬ　とちを　とぼとぼと　あるいていました。
せんそうが　おわり、ふるさとへ　かえる　とちゅうだったのです。
三にんのへいたいは、まる　二かかん　なにも　たべていなかったので、へとへとなうえに、とても　はらぺこでした。

（中略）

そのようすを　村のおとこが　みていました。
おとこは　さきまわりして　かえると、村じゅうのひとたちに　つたえました。
「へいたいが　三にん　やってくる。へいたいは　いつだって　はらぺこだ。でもやつらに　めぐんでやるような、よぶんなものは　ありゃしない」
村びとたちは、いそいで　たべものを　かくしに　かかりました。おおむぎのふくろは、なやの　ほしくさのしたに　かくしました。ぎゅうにゅうが　はいった　バケツは、いどのなかに　つるしました。にんじんが　はいった　きばこは、ふるい　かけぶとんで　おおい、キャベツと　じゃがいもは、ベッドのしたの　おしいれに　いれ、ぎゅうにくのかたまりは、ちかしつのおくに　ぶらさげました。

これで　たべられるものは　ぜんぶ　かくしました。
そうして　村びとたちは、三にんのへいたいを　まちました。
（『せかいいち　おいしいスープ』マーシャ・ブラウン文・絵　こみやゆう訳、岩波書店）

村の入り口の手前で一番目の兵隊が立ち止まった。横を歩いていた二人も足を止める。

「そこの大きな樫《かし》の木の梢《こずえ》に監視カメラが設置されている」

兵隊が言った。梢を見上げながら、二番目の兵隊がうなずいた。

「この村は戦争でだいぶひどい目にあったのだろう」

「まずいな。セキュリティ意識が高揚している」

三番目の兵隊が入り口の門に貼られたステッカーを指で示しながら言った。ステッカーにはこちらを睨みつける大きな目と、「特別警戒実施中。当村はテロを絶対に許しません」というフレーズが書かれている。

「俺たちはテロリストではない」と二番目の兵隊が言った。

「だいたいテロを許す村なんて世界のどこにあるんだ」

「特別警戒が慢性化するならそれは特別ではない」

そう言ってから吐息をつく一番目の兵隊に、三番目の兵隊が「手ごわそうだな」とつぶやいた。

「じゃあ今夜も野宿か」

「雨が降りそうだ。それは避けたい」

「何も食べなければ死んでしまう」

しばらく顔を見合わせてから、三人は門をくぐって村の敷地に入る。細い道をしばらく歩くと、前方に小さな灯りが見えた。小さな農家だ。暮らし向きは豊かではないようだ。三人はそう考えた。一番目の兵隊が木の扉をノックした。でも反応はない。留守かな。二番目の兵隊が小声で言う。でも灯りがついているよ。三番目の兵隊がやっぱり小声で答えたとき、男の声が扉の向こうから聞こえた。

「誰だ」

一番目の兵隊はちらりと扉の上に視線を送る。小さな監視カメラが設置されている。ならば軍服で誰かはわかっているはずだろう。そう思いながら兵隊は、「夜分にすみません。私たちは任務を終えた兵隊です」と扉の隙間に顔を近づけて言う。

「実は、非常にお恥ずかしいのですが、事情あって持ち金が尽きてしまい、二日間食事をとっていないのです。大変申し訳ないのですが、パンを一切れでも頂けないかと思ってお訪ねしました」

扉が少しだけ開き、髭面《ひげづら》で目の大きい男が顔を出した。この家の主《あるじ》なのだろう。三人の兵隊は思わず後ずさった。男の全身からは、知らない人への敵意が発散されていたからだ。

「パンを恵め、だって？」

男は言った。声には明らかに棘《とげ》がある。これは一筋縄ではゆかないようだと思いながら、一番目の兵隊は、「朝から何も食べていないのです」と哀れな声で言った。

「知ったこっちゃねえ」男は言った。

「おまえさんがた、特別警戒実施中の看板は見なかったのか」

「看板……ですか」

「村の入り口にあったはずだ」

「気づきませんでした」

そう言って三人はとぼけた。

「もうずいぶん暗くなっていたので」

「とにかくこの村は、よそ者はいっさいお断りだ。うちだけじゃない。どこの家に行っても同じだ。治安が悪くなる。とっとと村から出て行ってくれ」

取り付く島がないとはまさにこのことだ。でもここで引き下がったら、今日も一日、昨日に続いて何も食べずに過ごすことになる。しかも野宿だ。兵隊たちは必死に言った。

「お願いです」「一片のパンが無理なら一口のスープだけでもよいのです」「このままじゃ死んでしまいます」

「それが俺の人生と何の関係があるんだ」

言うと同時に男は兵隊たちの目の前で扉を閉めた。内側から鍵をかける音がする。三人の兵隊はしばらくその場に立ち尽くした。


この村には戦争が起きる前、何度か来たことがある。当時の村人たちは優しかった。

でもここ数年、その村人たちの様子が変わってしまった。その最大の要因はメディアだ。特に戦争が起きる少し前と始まってからしばらくのあいだ、メディアがひっきりなしに、敵の国の兵士たちの残虐性と危険性をアナウンスし続けた。理由の半分は現政権の指示でもあるけれど、残りの半分は、敵の残虐性や危険性を煽《あお》るほうが視聴率や部数が上がるからだ。

こうしてテレビやネットニュースや雑誌を媒介にして不安や恐怖は増大し、他者に対するセキュリティ意識が高揚した。監視カメラの増殖と併せてセキュリティ関連会社の業績は急激に上昇し、安心や安全を訴えるテレビCMを頻繁に目にするようになったのはこのころからだ。小学校の校門はオートロックが当たり前になって、危機管理やリスクヘッジなどの言葉は流行語になり、危機管理学部を新設する大学も急増した。

この時期に、国中の村でゴミ箱が透明になった。もしも爆発物など危険なものを入れられてもすぐわかるように、との理由だと思うが、爆発物を剝きだしのまま持ち歩いてゴミ箱に入れるテロリストはまずいないだろうし、そもそもそんな事件はそれまでに一度も起きていない。でもあっというまに国中の村でゴミ箱が透明になった。

変化は他にもある。公園や駅のベンチだ。仕切りが入ることが当たり前になった。それまであったベンチを撤去して、なぜ仕切りを入れたベンチをわざわざ設置するのか、最初はわからなかった。でもここ数日、歩き疲れて公園のベンチで仮眠をとりたいと考えたとき、三人は仕切りの意味に気がついた。横になれないのだ。

ベンチで横になるような人は普通の生活をしていない人。流れ者かもしれないしホームレスかもしれない。いずれにしても社会の異物だ。そういう人を排除するために仕切りを入れたのだと気がついた。

そういえばほぼ同じ時期に、在留外国人を排除せよなどとヘイトスピーチを往来で繰り広げる男や女たちのデモが行われるようになった。

セキュリティへの希求は社会の同質化を目指す。不安と恐怖におびえながら人々は、同じ属性を持つ人たちでまとまりたくなる。自分たちとは違う集団に帰属する人たちと自分たちとを分離したくなる。こうして社会の集団化と分断化は並行して起きる。

家の前でしばらく考え込んでから、三人はとぼとぼと歩き出した。

二番目の兵隊が足もとにあった握りこぶしほどの大きさの石を拾った。しばらくそれを見つめてから、二番目の兵隊はその石を持っていた垢《あか》じみたタオルで包んで懐に入れ、二人の兵隊に耳打ちしてから、再び家の前に戻って扉をたたいた。

「何なんだ」

男の声。相当にいらいらしているようだ。

「警察に連絡するぞ」

「パンもスープもあきらめました。でもせめて、空のお鍋とスプーンだけでよいのですが貸してくれませんか。小川の水を入れて石のスープを作ります」

「石のスープだって？」

しばらく間が空いてから、扉が少しだけ開いた。

「何だそれは」

「言葉どおりです」

そう言ってから兵隊は、布でくるんだ石を懐からとりだした。

「この石と水を鍋に入れて火にかけます。するとスープが出来上がります」

「俺をかつごうってのか」

「とんでもない。この石は我が家に伝わる家宝です」

しばらく考えてから、男は兵隊に水の入った鍋とスプーンを貸した。礼を言って三人の兵隊は、落ちていた枝などを拾い集めてから簡単なかまどを作り、鍋に石を入れて火にかけた。ぐつぐつとお湯が沸騰し始めたころ、我慢できなくなったのか、男はのっそりと家の中から現れた。見上げるほどの大男だ。しかも手には木刀を持っている。

「本当に石でスープができるのか」

「もう少しです」

男に続いて、その妻や子供たちも戸口から出てきた。近所の家からフランソワーズやマリーも顔を出す。その後ろから夫や子供たちも現れた。

「できるわけないわよ」

「だってもう作り始めているよ」

「どんな味なのかしら」

「石の味だぜ。美味しいわけがない」

「そもそも石に味があるのかしら」

人はどんどん増えてきた。やがてお湯が沸騰する。二番目の兵隊は石のスープを一口すくって口に入れてから、眉間に皺を寄せて、うーんと唸《うな》った。一番目と三番目の兵隊も一口ずつ口に含んでから、やっぱりうーむと唸る。

「……どうだ。できたのか。どんな味だ」

木刀を持った大男が、鍋の中を覗き込みながら言った。


「どんなスープにも、しおと　こしょうは　かかせませんな」と、へいたいたちはなべを　かきまぜながら　いいました。

すると　こどもたちが、しおと　こしょうをとりに、はしって　いえに　かえりました。

「こんなに　いい石なら、これだけでも　うまい　スープに　なるだろうが、もしここに　にんじんが　はいれば、もっと　おいしく　なるんだがなぁ」と、へいたいたちは　いいました。「あら、にんじんの　いっぽんや　にほんなら　あったと　おもうわよ」フランソワーズは　そういうと、いえまで　はしっていきました。

そして　あかい　かけぶとんのしたから　にんじんを　たくさん　とりだして、エプロンで　かかえて　もどってきました。

「おいしい　石のスープには、たいがい　キャベツが　はいってるんだがなあ」

へいたいたちは、にんじんを　なべに　きっていれながら　いいました。

「まぁ　でも、ないものねだりは　やめておこう」

「あら、キャベツなら　さがせば　ひとつぐらい　あるでしょう」

マリーは　そういうと、いそいで　いえに　かえりました。そして　ベッドのしたの　おしいれから、キャベツを　三つも　とってきました。

「あとは　すこしばかりの　ぎゅうにくと　じゃがいもが　あれば、おかねもちのしょくたくに　ならぶような　スープが　できるんだがなぁ」と、へいたいたちは　いいました。

（前掲書）


いつのまにか集まってきた村人たちは、材料を多く提供すれば多く分け前にありつけるかもしれないと考えて、ワイワイと騒ぎながら家からじゃがいもや味噌や牛肉やパンなどを持ってきた。

「おい、それは何だ」

「昼に食べ残したチキンよ」

「おらの家には玉ねぎが余っていた」

「ニンニクはどうだ」

「赤カブも入れようぜ」

「豆板醤《トウバンジャン》どうかしら」

「やっぱり出汁は煮干しだよ」

たっぷりと具や調味料が入った石のスープを、二番目の兵隊はゆっくりと味見をした。集まった人たちは固唾《かたず》をのんでその様子を見つめる。しばらく沈黙してから兵隊は言った。

「完璧です」

人々は大喜び。早速家から皿とスプーンを持ってきた。みんなで分け合って石のスープに舌鼓を打ちながら、「こうやってみんなで集まるなんて久しぶりだべ」「まあ奥さま、しばらくお会いしなかったらずいぶんお痩せになって」「最近は陽が落ちるとみんな家の中に閉じこもってしまうからな」などと話し込んでいる。

「あなた何を飲んでいるの」

「おお。それはワインか」

「焼酎もあるべ」

「こんなおいしいスープは久しぶりよ」

「パンとチーズを持ってきたわ」

「こっちにもワインをくれ」

見上げれば空は、降るような満天の星だ。食事は一人よりも多人数で食べたほうが美味しい。家の中よりも外ならばなお美味しい。石のスープが美味しいのは当たり前なのだ。ワインですっかり酔っぱらった男は木刀を投げ出して、「今夜はうちで泊まってくれ」と兵隊たちに言った。

「よろしいのですか」

「スープの礼だ」

「ありがとうございます」

こうして石のスープは、この地方の代表的な料理になった。

ただしこの夜以降、村の監視カメラや立札がなくなったかといえば、もちろん現実は簡単ではない。いったん火が付いたセキュリティ意識は、なかなかなくならない。

でも少しずつ、何かをきっかけに人は変わる。

とにかくその夜、三人の兵隊は上等な布団でぐっすりと休むことができた。


よくあさ、村びとぜんいんが、三にんのへいたいを　みおくりに　ひろばに　あつまってきました。

「あなたがたにはいいことを　おしえてもらった。なんて　れいを　いったら　いいだろう」と、村びとたちは　いいました。「これから　わしらは、もう　たべものにこまることは　ない。だって、石から　スープを　つくることを　おぼえたんだから」

「なぁに、ちょいと　あたまを　つかえば　いいのです」

三にんのへいたいは　そういって、村から　とおざかっていきました。
あんなにかしこいひとたちは、ここらあたりにゃいやしない。

（前掲書）

第3話　子供たちが屠殺ごっこをした話

昔、フリースラント（現在のオランダ）のフリェンチャルという町で、子供たちが〝屠殺《とさつ》ごっこ〟をやっていました。もちろん「ごっこ」です。つまり遊び。豚を運ぶ人や屠殺人や血を皿で受ける人など役割を分担して真似をするだけ。

ところが問題がありました。一人の子供が、家から本物のナイフを持ち出してきていたのです。

屠殺する役の子供はそのナイフを手にして、豚役の子供の咽喉《のど》をナイフで裂く真似をしました。もちろん「真似」です。だって「ごっこ」だもの。でも手にしたナイフはよく研がれていて、本当に鋭かったのです。そして小さな子供の咽喉の皮膚は本当に薄くて柔らかだったのです。ナイフの刃は豚役の子供の咽喉を裂き、子供は小さな声をあげると同時に血を流しながら死んでしまいました。

町は大騒ぎになりました。もしも大人の犯行なら、町の小さな裁判所は当然のように重い罰を決めたはずです。でも犯人は幼児です。罰を与える意味があるのだろうか。判事や弁護士役の村人たちは頭を抱えました。

「悩む理由はない」

裁判官の一人が言いました。いつもはパン屋の主人です。

「罰とは何のためにあるのか。被害者の恨みを晴らすためにあるのだ。ならば犯人が大人だろうが子供だろうが関係ない。被害者の気持ちを思えば、同じ罰を与えるべきだ」

「被害者はもういないよ」

もう一人の裁判官が言いました。ちなみに彼は、いつもは街の仕立て屋のご主人です。被害者遺族がいるじゃないか、とパン屋の主人は言い返しました。仕立て屋の主人とパン屋の主人、それぞれを支持する人たちが声をあげて、裁判所は大混乱です。

そのとき裁判長が、美味しそうに熟したリンゴと大きな金貨を左右の手に持ちながら立ち上がりました。彼は町の長老で、現役のころは大工さんでした。

「明日、このリンゴと金貨を子供の目の前に並べて、どちらか一つを選ばせよう。もしも子供がリンゴを選んだら、やはり無知無分別ゆえの事故であったと見なして無罪にします。もしも金貨を選んだら、価値判断の分別が備わっていた上での事件と見なして重い罰を与えましょう」

なるほど。長老の提案に、全員が感心しながら納得しました。そして翌日、法廷に連れてこられた子供は、嬉しそうにリンゴを手にしました。無罪の確定です。

ヤーコプとヴィルヘルムのグリム兄弟が、幼いころに聞いたフォークロアや民間の伝承、老人や旅人が話す御伽噺《おとぎばなし》や昔話などを収集して編纂したグリム童話は、1812年に第一巻、そして3年後の1815年に第二巻が刊行された。

しかし売れ行きは相当に悪かったらしく、予定されていた第三巻の刊行は中止されている。

その後に一回版を重ね、第三版を刊行した1837年以降、グリム童話は少しずつ評判になり始めた。初版から25年が過ぎている。年間に10万冊近い書籍が刊行される今の日本の出版状況からは考えられない。

その後も兄弟は、いくつかの話を削ったり加えたり入れ替えたり修正したりしながら、第七版まで改訂を続けた。まさしくライフワークだ。今では160以上の言語に翻訳されて、世界的なベストセラーとしては聖書に並ぶ存在だ。

ただしいま僕たちが読むグリム童話のほとんどは、最終版である第七版をもとにしている。そして七版に至るまでに、消えてしまった作品もたくさんある。特に今回取り上げた『子供たちが屠殺ごっこをした話（Wie Kinder Schlachtens miteinander gespielt haben)』は、第二版以降には載っていない。つまり初版だけ。グリム兄弟が真っ先に削除した作品ということになる。

削除された理由は、あまりにも凄惨で教訓性が薄いからということが定説だが、教訓性はともかく凄惨である云々《うんぬん》については、少し首をかしげたくなる。だってこの話は、グリムの他の話に比べて特に際立って凄惨な描写があるわけではない。

グリム兄弟が童話集を編纂するきっかけになったと言われる「ねずの木の話」は、継《まま》母《はは》が先妻の残した息子を殺害し、さらにその遺体を切り刻んでスープに放り込んで夫（つまり息子の実の父）に食べさせてしまうという話だ。

グリムでは最もポピュラーな話のひとつである「ヘンゼルとグレーテル」は、男の子を食べるために太らせようとした魔女が、最後には男の子を料理するために火をおこしたかまどで自分が焼き殺されてしまうエンディングで知られている。

版を重ねながらグリム兄弟は、凄惨で残虐な描写を可能なかぎり削り、母が幼い子供に安心して読めるように性的な記述を修正した。

言い換えれば最初の版に近づけば近づくほど、凄惨で残虐、そして性的な記述が多いということになり、このあたりは桐生操《きりゅうみさお》が書いた『本当は恐ろしいグリム童話』に詳しい。


ドイツだけではなく世界中で、民話はオリジナルに近づけば近づくほど、凄惨で残酷で性的になる。

例えば日本の「カチカチ山」には、おばあさんを煮込んだ婆汁《ばばじる》をおじいさんがタヌキ汁だと思って食べてしまう場面がある。ウサギに復讐されたタヌキは背中に火をつけられて大やけどを負い、それでもウサギを信じて最後には泥船に乗せられて湖底に沈む。

子供は純粋でガラス細工のように傷つきやすい。大人はそう思う。だから凄惨な話を読んだときの子供の思いを、きっと大きな傷を受けるはずだと忖度《そんたく》する。セクシャルな話など読んだら純白な心が汚れてしまうと危惧する。そして目の前から隠そうとする。

確かに子供のころにカチカチ山を読んだとき、婆汁の話を読んだ記憶はない。最後には改心したタヌキと爺と婆とウサギで笑顔になりながら、めでたしめでたしで終わっていたはずだ。でももしも子供時代にオリジナルを読んでいたとしても、それほど大きな衝撃は受けなかったような気がする。子供の心は大人が思うよりは強靭だ。残虐で陰惨なことに耐性がある。いやむしろ大好きだ。

ウィリアム・ゴールディングの『蝿の王』に登場する男の子たちは、漂着した無人島で獣を狩ったりしながら自給自足の生活を続け、いつからか互いに殺し合うことにためらいがほとんどなくなっていた。汚れたからではない。変質したわけでもない。生きることに純粋だからだ。

ただし仮にそうだとしても、残虐で凄惨で性的だと商品にはならない。だって実際に本を買うのは、子供ではなく子供の心を忖度する大人なのだ。こうして民話の多くは、グリム兄弟や柳田国男によって商品としての価値を付加される過程と並行して、少しずつ毒を抜かれて中和されてきた。

吉原高志・素子は、共著の『グリム〈初版〉を読む』で『子供たちが屠殺ごっこをした話』が初版だけで消えた理由を、編纂された他の話に比べて、この話の抽象度が圧倒的に低かったからではないかと推測している。確かに、いきなり実際の地名が登場することも含めて、民話や昔話として解釈するには現実度が高すぎる。子供を殺す過程の記述も、咽喉からほとばしる血を女の子が皿で受けるなど、オリジナルはかなり写実的だ。つまり『子供たちが屠殺ごっこをした話』は、ノンフィクションである可能性がある。だからこそグリムは、この話を二版以降は削除した。

現在のフリースラント州の住民たちに抗議されたのかもしれないし、遺族に配慮した可能性もある。そう考えることがいちばん的確だとは思うが、グリム兄弟がこの話を初版だけで消してしまった背景について、別の説を唱える人もいる。

高木昌史が書いた『決定版 グリム童話事典』によれば、この話は同時代のドイツの作家であるアヒム・フォン・アルニムが発表した話と酷似しており、兄弟は初版を刊行すると同時にアルニムから抗議されていたらしい。……どちらか、ではなく、どちらも理由だったのかもしれない。プライバシー侵害と著作権の問題。そうなると削除した背景が一気に現代風になる。

考えたら書籍という形態は今も昔もほとんど変わっていないのだから、本質的な問題も変わっていないと考えることは当たり前なのかもしれない。

ただしグリム兄弟が生きていた19世紀に比べれば、メディア環境は著しく変化した。その最先端はネットだ。僕も日常的に利用している。もちろん今回の話を書くにあたっても、いつものように複数のキーワードをネットで検索した。

日本版ウィキペディアの『子供たちが屠殺ごっこをした話』の記述には、井原西鶴の裁判小説集『本朝桜陰《おういん》比事《ひじ》』巻四の二「善悪二つの取物」が、類似しているが微妙に結末の異なる話として紹介されている。

中学から高校にかけて（つまり最も本を読んでいた時期）、井原西鶴はけっこう愛読した。特に『日本永代蔵《にっぽんえいたいぐら》』や『世間胸算用《せけんむねさんよう》』などに収録されたショートストーリーが持つペーソスは、同時代に読んでいたオー・ヘンリーより一枚も二枚も上だと思っていた。

「善悪二つの取物」の舞台は京都だ。

七歳の男の子が友だちと遊んでいたとき、その一人の口を小刀で刺してしまうという事故が起きた。友だちはすぐに死んでしまう。子供の遊びとはいえ、さすがにこれは捨て置けない。友だちを刺した男の子は、奉行所で裁きを受けることになった。

まずは加害側と被害側の家族が呼ばれた。じっと考え込む奉行の前で、加害側の男の子の両親は寛大な対応を必死に懇願し、被害者となった子供の両親は泣きながら厳罰に処すことを訴えた。

以下は原典の現代語訳だ。


御奉行其時、金子一両と機械人形をお出しなされ、『此二品を明日其児に取らせて見よ。金子を取れば、心のあるものとして命を取り、人形を取れば、邪気無いものとして命は助けて遣わす、善と悪との大事はこゝに極まったり、愈々《いよいよ》明日召連れて罷り出でよ。』と仰せ付られた。

（「善悪二つの取物」『日本古典全集　西鶴全集 第二』井原西鶴 著、正宗敦夫 編纂校訂、日本古典全集刊行会）


機械人形とはからくり細工の人形のことだろう。いかにも子供がすきそうだ。その玩具と一両の小判を二組の両親の目の前に差し出した奉行は、「明日、この二つを（被告人の）子供に選ばせよう。小判を手にしたなら、ものの価値がわかっているから死刑にする。人形を選ぶのなら命は助ける」と宣言した。

七歳の男の子の両親は家に帰り、家にあった人形とへそくりの小判を男の子の目の前に出し、「いいかい。明日は人形を選ぶのだよ。もしも金子《きんす》を手にしたら、おまえの命はないぞ」と何度も教えた。

「わかったのか」

「うん、わかった」

そう言いながら、男の子はニコニコしている。本当に事の深刻さをわかっているのだろうか。夜が更けて布団に親子三人で川の字になって男の子が寝息を立て始めたことを確認してから、妻は「ねえ、おまえさん」と背中を向けて寝ている夫に話しかけた。まだ眠っていないことはわかっている。

「おまえさんたら」

「……何だよ」

「この子は、昔から何となくKY的なところがあったわね」

「なんでえKYって。今は元禄時代だ。アルファベットなんて知るはずがねえ」

「何であんたはアルファベットを知っているのさ」

「とにかくいくらKYでも、明日は自分の命がかかっているんだ。お白州《しらす》の雰囲気は普通じゃない。それくらいは空気を読むだろうさ」

「そうかねえ」

結局のところその夜は、夫婦ともまんじりともしないまま、翌朝になって起きてきた男の子に、「いいか。忘れてないな。人形を選ぶんだぞ」と夫はもう一度言った。男の子はにこにこと笑っている。我が子ながら、KYではなくて少し足りないのではないかと夫は思う。生まれてすぐのころにオンブしていて頭を柱に思いきりぶつけてしまったことがある。女房には黙っていたが、あれが原因だったかもしれない。

「お願いだよ。お父やお母のためじゃなくて、おまえのためなんだからね」

妻が言った。

息子はやっぱり笑いながら、「人形をとる。わかったよ」と言った。

「忘れちゃだめだよ」

「大丈夫」

男の子はいつものように朝食をたっぷり食べた。父と母は緊張でのどを通らない。約束の刻限が近づいてきた。三人は奉行所に出かける。被害者側の両親はすでに来ていた。泣き疲れたのかぐったりとしている。父と母は深々と頭を下げる。立場を換えれば怒り悲しむことは当たり前だと考えたのだ。

やがて正装した奉行が現れた。手にしていた人形と小判を男の子の目の前に差し出しながら、奉行は厳かに言った。


『こりゃよう聞け、其方人形を取れば命を助け、小判を取れば命を取るぞ。』（前掲書）

つまり奉行は子供に対して、「人形を取れば命を助けるが、小判を取ればおまえは死刑になるぞ」といきなり説明したのだ。これは約束が違う。被害者の子どもの親は、思わずルール違反ですと声をあげそうになった。だってそこまで言われて、小判を選ぶはずがない。
奉行の手の上に置かれた小判は鋳造されたばかりらしく、キラキラと陽の光を反射している。男の子はじっとその小判を見つめている。しまったと夫は思う。昨夜練習に使った小判は、妻が貯めていた虎の子の古い小判だった。この小判とは煌めきや艶がまったく違う。次の瞬間、男の子は小判に手を伸ばしていた。

殺された方の親共進出で、『斯様な不敵者でございまする。』と申上げる。一方の親達は唯悲しさに、思わず声立《こえた》てゝ歎《なげ》くのみであった。（前掲書）

もしもこの時代の法廷の傍聴席にメディアがいたならば、脱兎のごとく法廷の外に飛び出したテレビ局の記者は「死刑です、死刑です、いま死刑判決が出ました！」と自局のカメラに向かって叫ぶだろう。その足で彼らは奉行所の記者クラブに駆け足で戻り、翌日の朝刊用にノートパソコンに向かって、「被告人は謝罪の言葉もなく」とか「反省の色もなく」とか「ニヤニヤと笑いながら小判を手にした」などと書いた記事を本社にメールしていただろう。

「抜いた」「抜かれた」という用語が示すように、メディアは速報性に過剰にこだわる。一時間や二時間遅れたってどうってことないのに。

つまりこれは組織（メディア）の論理。個（ジャーナリスト）の論理ではない。そしてこのときも、記者たちは間違いを犯してしまった。大誤報だ。泣き崩れる被害者側の両親と手をとり合って喜ぶ加害者側の両親の双方に静かに視線を送ってから、奉行はからくり人形を横に置いた。

（そのとき奉行が）仰せ出されしは、「さては知恵なき子に極まるなり。命を取るというにかまわず金子を取るところ、偽りなし。命のほか、大切なものありや。ここをもって助けおく」と仰せ出されけるとなり。（前掲書）

井原西鶴の原作はこれでエンド。これ以降の記述はない。だから二組の両親たちが、このときどんな反応をしたのかはわからない。まあ想像はつく。ここまでの話の流れからすれば、被害側の両親はがっくりと肩を落とし、加害側の両親は手をとり合って喜んだのだろう。

元禄時代に少年法はない。でもその意識はあった。未成熟な少年少女に対しては、罪と罰についての定義を修正する必要がある。子供は純粋だ。だから時おり残虐になる。大人から見れば、ありえないことをしてしまう。そして何よりも、それまでの体験量が少ないからこそ、演繹《えんえき》や帰納する力が未熟だ。事態の予測が不十分なのだ。

少年法の理由を多くの人は「子供は可塑性《かそせい》が高い（変わる可能性がある）から」とするけれど、多くの死刑囚や犯罪者に会ってきた僕の体験から帰納すれば、大人だって可塑性は子供と同様に高い。人の内面は深い。何かのきっかけで変わらない人などいない。可能性はいくつになってもある。罪を犯した少年を保護する理由は、可塑性の高さよりもむしろ、先を見通す力が決定的に弱いからだ、と僕は思っている。

子供の選択はグリムとは真逆だけど結論は同じ。いや明らかに深い。やはり井原西鶴はすごい。人に対しての洞察が半端じゃない。ただしこのストーリーについては、僕はひとつ大きな違和感がある。

被害側の両親の描写がステレオタイプすぎるのだ。愛する子供を殺害された両親の報復感情は強い。それは当然だ。でもそれだけではない。耐え難いほどの悲しみ。闇のような絶望と虚無。……こうして書きながら違うと思う。言葉が上滑りしている。加害者の命を奪うことが決まったからといって、小躍りする被害者遺族など絶対にいない。そして被害者遺族は、加害者を憎むだけではなく自分をも責める。あのとき引き止めればよかった。声をかけるべきだった。ラインに早く返信しておけばよかった。その日の予定を聞いておけばよかった。悔やみ続ける。自分を責め続ける。その心情を安易な言葉に置き換えるべきじゃない。

死刑制度については何冊か本を書いた。廃止すべきと思っている。そんな発言をするたびにネットなどではよく、「被害者遺族の気持ちになれ」とか「自分の子どもが殺されても同じことが言えるのか」などの声を浴びせられる。

死刑囚だけではなく、多くの加害者家族や被害者遺族に僕は会ってきた。言葉を聞いてきた。そのたびに思う。彼らの深い絶望や悲しみを想像することは大切だ。でも同一化すべきではない。想像力には射程の限界がある。共感という言葉を気軽に使う人がいるけれど、寸分たがわない100%の共感などできるはずがない。その引け目を持つこと。後ろめたさを引きずること。そのうえで自分に何ができるかを考える。

僕は言葉と映像を仕事にしている。二つとも決して万能ではない。世界は複雑だ。人の内面は深い。正確な描写などできない。だから悶える。悩む。それが自分の仕事なのだ。

第4話　雪女

武蔵の国のある村に茂作、巳之吉と云う二人の木こりがいた。この話のあった時分には、茂作は老人であった。そして、彼の年季奉公人であった巳之吉は、十八の少年であった。（中略）

茂作と巳之吉はある大層寒い晩、帰り途で大吹雪に遇った。渡し場に着いた、渡し守は船を河の向う側に残したままで、帰った事が分った。泳がれるような日ではなかった。それで木こりは渡し守の小屋に避難した——避難処の見つかった事を僥倖《ぎょうこう》に思いながら。小屋には火鉢はなかった。火をたくべき場処もなかった。窓のない一方口の、二畳敷の小屋であった。茂作と巳之吉は戸をしめて、蓑《みの》をきて、休息するために横になった。初めのうちはさほど寒いとも感じなかった。そして、嵐はじきに止むと思った。

老人はじきに眠りについた。しかし、少年巳之吉は長い間、目をさましていて、恐ろしい風や戸にあたる雪のたえない音を聴いていた。河はゴウゴウと鳴っていた。小屋は海上の和船のようにゆれて、ミシミシ音がした。恐ろしい大吹雪であった。空気は一刻一刻、寒くなって来た、そして、巳之吉は蓑の下でふるえていた。しかし、とうとう寒さにも拘らず、彼もまた寝込んだ。

彼は顔に夕立のように雪がかかるので眼がさめた。小屋の戸は無理押しに開かれていた。そして雪明かりで、部屋のうちに女、――全く白装束の女、――を見た。その女は茂作の上に屈んで、彼に彼女の息をふきかけていた、――そして彼女の息はあかるい白い煙のようであった。ほとんど同時に巳之吉の方へ振り向いて、彼の上に屈んだ。彼は叫ぼうとしたが何の音も発する事ができなかった。白衣の女は、彼の上に段々低く屈んで、しまいに彼女の顔はほとんど彼にふれるようになった、そして彼は――彼女の眼は恐ろしかったが――彼女が大層綺麗である事を見た。しばらく彼女は彼を見続けていた、――それから彼女は微笑した、そしてささやいた、――『私は今ひとりの人のように、あなたをしようかと思った。しかし、あなたを気の毒だと思わずにはいられない、――あなたは若いのだから。……あなたは美少年ね、巳之吉さん、もう私はあなたを害しはしません。しかし、もしあなたが今夜見た事を誰かに――あなたの母さんにでも――云ったら、私に分ります、そして私、あなたを殺します。……覚えていらっしゃい、私の云う事を』

そう云って、向き直って、彼女は戸口から出て行った。(中略)。彼は茂作を呼んでみた。そして、老人が返事をしなかったので驚いた。彼は暗がりへ手をやって茂作の顔にさわってみた。そして、それが氷である事が分った。茂作は固くなって死んでいた。……

(「雪女」『小泉八雲全集第八巻 家庭版』小泉八雲文、第一書房)


「ちょっと待て」

泣きながら外に出ようとした巳之吉の背中に、ふいに声が浴びせられた。振り返った巳之吉は、怯えた表情で周囲をきょろきょろと見まわした。

「ここだ」

巳之吉は床に視線を送る。横になったまま凍りついていたはずの茂作が、ぎょろぎょろとした目で自分を見つめている。

「生きてたのですか」

「いーや。確かに死んだ。でも納得できねえ。何で老人を殺して18歳の少年は見逃すんじゃ」

「おらに訊かれても……」

「雪女を呼んでこい。わしは動けない」

困ったように巳之吉が立ち尽くしたとき、ガタガタと音をたてながら戸口が開いた。冷たい風が吹き込んでくる。出て行ったばかりの雪女が、「何よ」と不機嫌そうに言った。

「何が不満なのよ」

「そもそも何でわしを殺した」と怒気を込めた声で茂作が言い返した。

「わしがおまえさんに何かしたか」

「……」

「答えられないようじゃな。わしは何もしていない。何で殺されなくてはいけないんじゃ」

「あのさあ」と雪女は言った。「あたしは雪女なのよ。妖怪よ」

「だから何じゃ」

「子泣き爺は赤ん坊に化けて人の背中にとりついて押しつぶすの。砂かけ婆は山道を歩いている人の頭の上から砂をかけるのよ。そして雪女は人を凍らせて殺すのよ」

「楽しいのか、そんなことをして」

「楽しくないわよ」

「じゃあやめろ」

「だからそうはゆかないのよ。だってそれが私のレゾンデートルなんだから」

「舶来語を使えばいいってもんじゃないぞ。まあいい。そこは百歩譲る。だけどなんでわしだけが命を落として巳之吉は見逃したんじゃ」

「……若くて美少年だったからよ」

「若くて美少年だったら命を奪わないのか」

「あたしの勝手よ」

「年寄りは殺すのか」

「もう充分生きたでしょ」

「そもそもわしはいくつだ」

……答えはない。思わず顔を上げた巳之吉は、二人が自分を見つめていることに気づき、「はい？」と少しだけ狼狽したように声をあげた。

「歳だよ」

「おらは18です。そう書かれています」

「おまえじゃない。わしの歳はいくつだ」

「老人、としか書かれていません」

「手抜きじゃ」

「まあそうですね」

「この物語が発表された年は１９０４年だ。明治37年。そのころの日本人男性の平均寿命はいくつだと思う」

「今よりは短いとは思うけれど……」

「人間五十年」

雪女が言った。横になったまま、「敦盛か」と茂作が笑う。どうやらこの老人は、こう見えてなかなか博識のようだ。

「確かに織田信長の時代は、50年生きれば長寿じゃった。それは江戸から明治にかけてもほぼ変わらない。ちなみに残されているいちばん古いデータは１８９１年―１８９８

年で、男性は42・8年で女性は44・3年じゃ」

「そんなに短命だったのか」と巳之吉が嘆息した。

「まあこの時代は乳幼児の死亡率が高かったから、今の寿命の感覚とは少し違うかもしれんがな」と茂作が言う。雪女は不機嫌そうな表情のまま沈黙している。

「ならばわしはいくつじゃ」

茂作がそう言って話を戻したとき、再び戸口が開いた。顔を出したのは小柄な外国人だ。

「あらら」

雪女が声をあげた。「ヘルン先生がなんでまた」

「なんだか揉めているようなので……」

小さな声でそう言ってからラフカディオ・ハーンは、肩や袖に薄く積もった雪を細い指先ではらう。

「ヘルン先生、わしの歳はいくつの設定ですか」と茂作が訊いた。

「えーと」

「そういえば聞いたことがあります」と巳之吉が言った。「ナミヘイです」

「ナミヘイ？」

「サザエさんのお父さんの波平かしら」と雪女が首を傾げる。

「そうです」

「それがどうかしたか」

「波平の年齢は54歳です」

ええええと雪女が声をあげた。「あんな禿ちょびんで髭を生やして趣味は盆栽で和服を着て孫もいるのに？」

「朝日新聞に連載されていたとき、一回だけ年齢を明かした回があるんです」

「昭和中期の男性の平均寿命は60歳前後。54歳なら立派な老人じゃ」と茂作が言った。

「そもそもヘルン先生はいくつでお亡くなりになったんですか」と巳之吉が訊いた。

寒そうに肩をすくめながらハーンは、「私は享年54です」と小声で答えた。

「まさしく波平の歳じゃ」

「早逝でしたわね」

そうつぶやく雪女に、「あの時代なら普通です」とハーンが言った。

「享年で言えば、森鷗外は60だし夏目漱石は49。二葉亭四迷は45で田山花袋は58です。まあ、永井荷風や島崎藤村などは長生きしましたが……」

「老人としか書かれていないが、おそらくわしの年齢は50歳前後じゃろう」

「自分をわしと呼ぶのはやめたほうがいいかも」と巳之吉が言った。

「語尾のじゃもステレオタイプね」と雪女がうなずいた。

「歳をとってやっと気づいたが、中身はほとんど変わっておらん」

「私もそれは実感するわ」

「要するに、自分はもっと成長する、という幻想を持ちながら、人は歳を重ねるんじゃ」

「だから語尾のじゃはやめなよ」

「でも中身はともかく、外見は変わるのよ」

「あんたは変わらないんだっけ」

「イジワルじじいね。オチを言うのはやめて」

「あれ。ヘルン先生がいない」

巳之吉の言葉に二人も周囲を見渡した。戸口が開け放たれている。外は一面の銀世界。横殴りの雪はますます激しくなっている。一命をとりとめた巳之吉は、以前と同じように森で木を切る生活に戻った。そしてこの翌年の冬、一人の若い女性と出会う。

　彼女は背の高い、ほっそりした少女で、大層綺麗であった。そして巳之吉の挨拶に答えた彼女の声は歌う鳥の声のように、彼の耳に愉快であった。それから、彼は彼女と並んで歩いた、そして話をし出した。少女は名は「お雪」であると云った。それからこの頃両親共なくなった事、それから江戸へ行くつもりである事、そこに何軒か貧しい親類のある事、その人達は女中としての地位を見つけてくれるだろうと云う事など。巳之吉はすぐにこの知らない少女になつかしさを感じて来た、そして見れば見るほど彼女が一層綺麗に見えた。彼は彼女に約束の夫があるかと聞いた、彼女は笑いながら何の約束もないと答えた。それから、今度は、彼女の方で巳之吉は結婚しているか、あるいは約束があるかと尋ねた、彼は彼女に、養うべき母が一人あるが、お嫁の問題は、まだ自分が若いから、考えに上った事はないと答えた。……こんな打明け話のあとで、彼等は長い間ものを云わないで歩いた、しかし諺にある通り『気があれば眼も口ほどにものを云い』であった。村に着く頃までに、彼等はお互に大層気に入っていた。そして、その時巳之吉はしばらく自分の家で休むようにとお雪に云った。彼女はしばらくはにかんでためらっていたが、彼と共にそこへ行った。そして彼の母は彼女を歓迎して、彼女のために暖かい食事を用意した。お雪の立居振舞は、そんなによかったので、巳之吉の母は急に好きになって、彼女に江戸への旅を延ばすように勧めた。そして自然の成行きとして、お雪は江戸へは遂に行かなかった。彼女は「お嫁」としてその家にとどまった。

お雪は大層よい嫁である事が分った。巳之吉の母が死ぬようになった時――五年ばかりの後――彼女の最後の言葉は、彼女の嫁に対する愛情と賞賛の言葉であった、――そしてお雪は巳之吉に男女十人の子供を生んだ、――皆綺麗な子供で色が非常に白かった。

田舎の人々はお雪を、生れつき自分等と違った不思議な人と考えた。大概の農夫の女は早く年を取る、しかしお雪は十人の子供の母となったあとでも、始めて村へ来た日と同じように若くて、みずみずしく見えた。

ある晩子供等が寝たあとで、お雪は行灯の光で針仕事をしていた。そして巳之吉は彼女を見つめながら云った、――

『お前がそうして顔にあかりを受けて、針仕事をしているのを見ると、わしが十八の少年の時遇った不思議な事が思い出される。わしはその時、今のお前のように綺麗なそして色白な人を見た。全く、その女はお前にそっくりだったよ』……

仕事から眼を上げないで、お雪は答えた、――

『その人の話をしてちょうだい。……どこでおあいになったの』

そこで巳之吉は渡し守の小屋で過ごした恐ろしい夜の事を彼女に話した、――そして、にこにこしてささやきながら、自分の上に屈んだ白い女の事、――それから、茂作老人の物も云わずに死んだ事。そして彼は云った、――

『眠っている時にでも起きている時にでも、お前のように綺麗な人を見たのはその時だけだ。もちろんそれは人間じゃなかった。そしてわしはその女が恐ろしかった、――大変恐ろしかった、――がその女は大変白かった。……実際わしが見たのは夢であったかそれとも雪女であったか、分らないでいる』……

お雪は縫物を投げ捨てて立ち上って巳之吉の坐っている処で、彼の上に屈んで、彼の顔に向って叫んだ、――


『それは私、私、私でした。……それは雪でした。そしてその時あなたが、その事を一言でも云ったら、私はあなたを殺すと云いました。……そこに眠っている子供等がいなかったら、今すぐあなたを殺すのでした。でも今あなたは子供等を大事に大事になさる方がいい、もし子供等があなたに不平を云うべき理由でもあったら、私はそれ相当にあなたを扱うつもりだから』……（前掲書）

「迂闊《うかつ》すぎる」

突然戸口が開き、生前とほぼ変わらない外見の茂作が言った。

蒼褪《あおざ》めた巳之吉の顔のすぐ上で激昂していたはずのお雪は、さすがに唖然と茂作を見つめ、「何なのよ」とつぶやいた。

「……何であんたがここに出てくるのさ」

「じっと見ていたわい」

「執念深いわね」

「当り前じゃ。50代前半で殺されて、しかも老人とまで言われたんじゃ」

「だから語尾のじゃはやめたほうがいいよ」と巳之吉が言った。

「口癖になってしもうた。それよりも巳之吉、なんでおまえ、あの夜のことを話した」

「いやあ、なんかもう時効かな、と思って……」

「甘い」

「そうよ」

「おまえもおまえじゃ」と言ってから茂作はお雪を睨みつけた。

「何で子供を十人も作った」

「だってさあ」

もじもじと頬を赤らめる雪女を見つめながら、「産めよ増やせよの時代です」と巳之吉がかばう。どうやらまだ未練があるようだ。

「一年に一人と計算しても十数年以上が過ぎたわけじゃ。ということは巳之吉の歳は35

歳過ぎくらいかの」

「歳にこだわりますね」

「少なくとももう美少年の歳ではない」

「おっちゃんよ」

少し間をおいてから、「……だからか」と巳之吉が言った。

「だから僕を捨てたのか」

雪女は答えない。

茂作が「なぜそこまで外見にこだわるんじゃ」と言った。

「外見にこだわったのは、私じゃなくてヘルン先生よ」

雪女のこの言葉に、茂作と巳之吉は黙り込んだ。そんな二人をしばらく見つめてから、

「先生は子供のころの怪我で左目を失明したのよ」と雪女は静かに言った。

「眼球が白濁してしまった。だから写真を撮られるときには、ほぼ必ず顔の右側だけを
カメラに向けていたのよ」

「そういえば教科書で見たラフカディオ・ハーンの写真も横顔でした」と巳之吉がつぶ

やいた。

「他に有名なのは目を閉じて俯《うつむ》いている写真ね。左目を手で隠した写真もあるわ」

「なぜそこまで気にされたのじゃろう」

「……私は日本では外国人です」

いつのまにか現れたハーンが、左目を片手で押さえながら静かに言った。

「しかも来日してしばらくは、出雲や熊本で生活しました。日本人のほとんどは外国人を見ることなどないままに生涯を終えた時代です。道を歩くだけで多くの人が立ち止まったり声をあげたりします。じろじろ見られます。おそらく彼らからすれば私は……」

小さく吐息をついてから、「妖怪のような存在だったと思います」とハーンは言った。「目や皮膚の色が多少は違っても中身は変わらない。そう思ってほしかった。でも人は外見で判断する」

「だからこそヘルン先生は外見にこだわったのね」と雪女がしみじみと言った。

「しかもこの国は昔から排他性が強い」と茂作が言った。「封建時代の村落共同体的なメンタリティが今も残されている」

「入管改正法はどうなるのでしょう」と巳之吉がつぶやいた。「外国人との共存、ではなくて、労働者として利用しているように僕には思えます」

「技能実習生も同じじゃ」

「言葉を変えれば奴隷制よね」

台本を床に置いてから天井に設置されたカメラのレンズに視線を向けた茂作が、「今回はそれがテーマなのか」とつぶやく。他の三人も顔を上げてカメラを見つめる。パソコンの前で状況を見つめていた森達也は、思わず視線を逸らすように顔をそむける。巳之吉がカメラに向かって、「ちょっと無理やりでしたね」と言った。

「この人は時おりそうよ」と雪女が吐息をつく。うるさいバカと森達也はパソコンの前でつぶやく。でも三人に森の声は聞こえない。

「作家としての限界かもね」

「出来不出来は常にあるもんじゃ。ただし今回は、その結果としてわしは50代前半で老いぼれ扱いされて殺された」

「まだ言っているわ」

「死ぬまで言うぞ」

「いやもう死んでいるから」

三人は力なく笑う。いつのまにかハーンもその場から消えている。茂作がひっそりとした声で言った。

「……わしはそろそろ成仏することにする」

「私も山に帰るわ」と雪女がつぶやいた。

「では最後に、外国人だったヘルン先生の渾身《こんしん》の名文を読みましょう」と巳之吉が言った。


彼女が叫んでいる最中、彼女の声は細くなっていった、風の叫びのように、――それから彼女は輝いた白い霞となって屋根の棟木の方へ上って、それから煙出しの穴を通ってふるえながら出て行った。……もう再び彼女は見られなかった。（前掲書）

第5話　ミダス王

あなたはミダス王を知っているだろうか。古代アナトリア（現在のトルコ）中西部の国を支配したミダス王は、ギリシャ神話では以下のエピソードに記述されている。

ディオニュソス（バッコス）はふとしたことから、昔の先生でかつ養父に当るシレノスが行方不明になったのに気がつきました。老人は酒に酔ってさまよい歩いているうちに、百姓たちに見つけられて、ミダス王のところへひっぱって行かれたのです。ミダス王はこれはシレノスだと思ったから鄭重に歓待して、十日のあいだ、夜も昼も歓楽をつくさせた後、十一日目に無事に弟子のディオニュソスへ送り届けました。ディオニュソスはその返礼として、なんでも望みしだいのものを選んでくれるようにとミダスへ申し入れました。ミダスは、なんでも自分の手に触れた物が黄金に変ずるようにしてもらいたいと申し入れました。ディオニュソスはもう少し都合のよい物を選べばよいのにと思いましたが、とにかく承知しました。ミダスは世にも不思議な能力をもらってうち悦びながら、早く試してみたいと思って、帰って来ました。道々樫の小枝がありましたから折ってみると、たちまちそれが手の中で黄金になってしまったので、びっくりしました。

（「ミダス王」『ギリシア・ローマ神話』ブルフィンチ作 野上弥生子訳、岩波文庫）

ミダスに「何でも金に変えてしまう能力」を授けたディオニュソスは、日本ではバッカスの呼称のほうが馴染み深い。つまり酒の神。酩酊と情動と混沌を司《つかさど》る陶酔の神でもある。

その酒の神から「何でも金に変えてしまう能力」を授かったミダスは、まさしく大酒を飲んだように陶酔した。だって自分は「究極の錬金術師」になったのだ。しかも面倒な化学実験は不要だ。錬成陣を地面に描く必要もない。触るだけですべてを金に変えることができるのだ。

これで自分は、権力だけではなく世界一の富も保有する王になった。国王サミットでいつも自分を見下すかのような発言をしていたサウジアラビアの王族の鼻を明かすことができる。私は世界一の王だ。でもその陶酔はすぐに冷えた。

ミダスは限りなく悦びました。家に帰ると食事をしようと思って、召使いどもにいいつけて、食卓にいろんな御馳走を並べさせました。するとだいたことにはパンに手を触れるとパンが堅くなって、唇につけても、歯も立ちませんでした。（中略）ミダスは仰天して、どうかしてこんな力は捨ててしまおうと思いました。そうしてあれほどまで欲しがっていたその贈物を憎み出しました。けれどもなんとしても、その不思議な力を振り落とすことはできませんでした。

（前掲書）

……子供の頃にミダス王の話を初めて読んだとき、このあたりで何となく気がついた。この王さまは相当にバカだ。

ただし断り書きをしておかねばならないが、僕自身も相当にバカだ。とにかく致命的に鈍い。そしてトロい。察することが苦手だ。みんなが当然のこととして前提にしていることに気づくことができない。だから子供時代から、おまえは何をやっているんだよと周囲からよくあきれられた。遠足に行けば一人だけ道に迷う。工作をすればクラスで一人だけ右と左が違う。タブーに挑戦する作家とか踏み越えた映画監督などとネットで時おり形容されるけれど、正確には挑戦ではないし踏み越えたわけでもない。タブーと気づかないまま作品にしてしまった、という場合のほうが圧倒的に多い。結果的には踏み越えたわけだけど、自分が何を踏み越えたのか、自分でもよくわかっていない。だから僕はミダス王を他人と思えない。できることなら気づかせたい。ヒントをあげよう。

指を触れなければいいんだよ。

食卓でミダスはきょろきょろと周囲を見渡しました。天の声が聞こえたと思ったのです。神々が私の窮地を救ってくれようとしている。でも指を触れずにパンを食べることなど不可能です。

不可能じゃないよ。少しだけイライラした調子で、天の声が響きます。すべての料理に対して、指で触らずにスプーンやフォークを使えばいいんだよ。

ああなるほど、とミダスはつぶやきました。そういえばスプーンやフォークを使って口に運んだハンバーグやサラダは、何の問題もなく食べることができていました（もちろん100円均一で買ったナイフとフォークは、瞬時に黄金のナイフとフォークに変わっていましたが）。

ここで補足。

実はミダスについては、この本のパート1的な存在である『王様は裸だと言った子供はその後どうなったか』でも書いている。そしてこのとき僕はミダスに、「箸を使えばいいんだよ」とアドバイスした。でもあらためてよく考えたら、何も不馴れな箸を使う必要はなく、日常的に使っているフォークやスプーンを使えばいいだけなのだと気がついた。やはりミダスと同じレベルだ。

……とここまでを読んだあなたは、ミダスはどうやってオシッコをしていたのだろう、と思うかもしれない。風呂にだって入れない。まあ話がまたややこしくなるから、家来の手を借りていたということにしておこう。

こうして飢える心配から解放されたミダスは、大はしゃぎで身の回りの品々を黄金に変え続けた。自分が使う日用雑貨だけではなく、城内の家具や調度品もすべて手当たり次第に黄金に変え、城の屋根や壁までも黄金作りにし、ついには市内の道路やバスや電柱や市民たちの家までも黄金にした。まさしく金ぴかの国だ。サングラスは必需品。

そして何が起きたか。

金はもう希少ではない。価値が一気に下落した。もう誰も欲しがらない。やっぱりミダスはバカだ。

ミダスは黄金色《きんいろ》に輝く両手をさしあげながら、この燦爛《さんらん》たる黄金の中の滅亡から救って下さるようにとディオニュソスに祈りました。恵み深いディオニュソスは彼の祈りを聞いて承知しました。（前掲書）

ディオニュソスの指示で川に行って身体を洗ったミダスは、手に触れたものすべてを黄金に変えてしまう能力からやっと解放され、このエピソードは終わる。終盤はとてもあっけない展開だ。そのためかこの話には、絶望と混乱でパニックになったミダスが最愛の妃を思わず抱きしめてしまい、黄金の像にしてしまったとのエピソードが加えられたバージョンも多い。

でもこれは後世の創作らしい。オリジナルはとてもあっさりしている。それには理由がある。オリジナルはここで終わらない。これに続くエピソードがあるのだ。


それ以来、ミダスは富や花々しいことを憎むようになり、田舎に住んで森林の神なるパンの崇拝者となりました。ところがパンの神は、ふとしたことから大胆にも琴の神なるアポロンと音楽の競技をしようと思い立って挑みかけました。（前掲書）

パンの神とは、家畜と牧人を守るアルカディアの牧羊神で、顎鬚《あごひげ》をたくわえた老人の上半身と、ヤギの足と角をもった半獣の姿で知られている。音楽好きの陽気な神なのだが、なぜか昼寝を邪魔されると怒り狂い、その怒り声は神をも恐怖に陥れた、との伝説から、「panic（パニック）」の語源となった。ピーター・パンの苗字であるパンも、この神の名前からとったとの説もある。

笛の名手であるパンは、竪琴の神で多くの人から愛されていたアポロンに嫉妬し、音楽の試合を申し込んだ。審査員は山の神であるトモーロスだ。まずはパンが笛を吹いた。出来はまあそこそこ。ただし観客席にいたミダスは興奮状態で、ブラボーと何度も叫びながら拍手喝采だ。

次はアポロンが弦を奏でた。会場は水を打ったように静かになった。二人の技術や表現力の差は圧倒的だった。やがてすべての観客が感動の涙を流し始め、アポロンの演奏は終わった。しかしパンとミダスは苦虫をかみつぶしたような表情だ。

トモーロスは当然ながらアポロンの勝利を宣告する。しかしミダスは不満顔だ。この判定は不公正だと声をあげた。これに怒ったアポロンは、ミダスの耳を驢馬《ろば》の耳に変えてしまった。おまえには驢馬の耳がお似合いだということだろう。


前よりもずっと長い耳に拡がらせ、外側にも内側にも毛をはやさせて、耳根を動くようにしてしまいました。すなわち驢馬に寸分たがわぬ耳になったのでありました。

（前掲書）

実のところ僕は、前作である『王さまは裸だと言った子供はその後どうなったか』を書くために資料を調べるまで、触れたものすべてを黄金に変えてしまう能力を与えられた王と耳を驢馬の耳にされてしまった王が同一人物だとは知らなかった。

あなたは知っていた？　決めつけて申し訳ないけれど、たぶん知らなかったのじゃないかな。この話はひとつながりなのだ。

……それにしても難儀な人だ。古今東西いろんな王はいたが、これほどにスラップスティックな運命に翻弄される王は、他にちょっと思いつかない。触れたものをすべて黄金に変える能力を与えてくれと安易に頼んで飢え死にしかけて後悔したかと思うと、その直後には、神とはいえ半分は獣であるパンに陶酔し、それが理由となって自分の耳を驢馬の耳に変えられてしまう。まさしく軽佻浮薄《けいちょうふはく》。後先を考えない。コントのような生涯だ。

驢馬の耳になってしまったミダスは、苦肉の策で人前では常に頭巾を被ることにしました。これで秘密は保たれます。ただし散髪だけはしないわけにはゆかない。そこで専属の髪結人には、もしもこの秘密を他人に洩らしたら厳罰に処すと言い渡しました。

しかし人は弱い。秘密を保てない。髪結人は誰かに話したくて仕方がない。

王様の耳は驢馬の耳。

でもそんなことを誰かに話したら処罰される。厳罰って具体的にはどの程度の罰だろう。むち打ちでは済まないかも。おそらく首をはねられる。でも話したい。秘密で頭が爆発しそうだ。これは困った。どうするか。

髪結人は近くの野原に行き、地面に穴を掘ってその中に顔を突っ込み、「王様の耳は驢馬の耳」と思いきり叫びました。よしよし、これできっとすっきりするはずだ。オリジナルの物語の結末は、「土の上に生えた葦が、風が吹くたびに『王様の耳は驢馬の耳』と囁くので、とうとう国中にこの事実が広まってしまいました」とされている。

知ったことか。俺は誰にも秘密をばらしていない。王との約束は破っていない。葦が勝手に囁いただけだ。そうつぶやきながら髪結人は、とりあえずはすっきりとした表情で家路をたどります。

でも現実は物語とは違います。言っただけですっきりするはずがないのです。なぜなら人はコミュニケーションの生きものです。言ったからには誰かに聞いてほしい。誰かに知ってほしい。驚く顔が見たい。何で知っているんだよと言わせたい。ある意味で自己承認欲求なのかもしれない。誰かに教えたい。伝えたい。でも自分が誰かに言ったことがわかれば、ひどい目に遭うことはわかっている。ならばどうするか。このアンビバレンツを、自分はどう処理すべきなのか。

そこで髪結人は思いつきました。SNSだ。

こうして家に帰った髪結人は、「さすらいの髪切り人」のアカウント名で捨て垢を作って、王さまの耳は驢馬の耳と書いて投稿しました。スマホを握りしめながら反応を待ちます。

でもフォロワーはほとんどつきません。「いいね」もこない。髪結人は考えます。反応がなくて当たり前だ。これだけでは意味がわからない。インパクトもない。

そのときひとつだけRTがつきました。森達也というアカウント名です。肩書は「映画監督・作家」と書かれています。でも髪結人は、この男の映画を観たこともないし本を読んだこともありません。

どうせB級映画監督で三流作家なのだろう。そう思いながらタイムラインを見ます。髪結人をRTしながら森はこんなことを書いていました。

驢馬の耳だから人が何を言っても理解しない。行政府の長だと何度も言われているのに、自分を立法府の長だと言い間違いをする。いやこれは言い間違いのレベルではない。聞く耳を持たないのだ。

別にそんな意味を込めたつもりはないのだけど、と思いながら、髪結人は森達也という「映画監督・作家」について、オウムのドキュメンタリー映画を撮った反社会的な男だと気がつきました。

反権力が格好いいと思っている軽佻浮薄なパヨクだ。しかもあろうことか、こいつはオウムのシンパらしい。なぜ国家はこのような男を野放しにするのだろう。なぜ大手メディアはこんな男に好き勝手なことを言わせるのだろう。俺は言いたいことも言えなくて我慢しているのに。即刻逮捕して死刑にするべきだ。それが無理なら国外追放すべきだ。

そんなことを考えながら、髪結人は森達也の書き込みをRTしました。もちろんただのRTではありません。比喩じゃなくて本当に驢馬の耳なんだよ。何でもかんでも権力反対に結び付けるパヨクのおっさんｗｗｗ。

一気にRTと「いいね」が増えました。スマホを手に髪結人は小躍りします。そうだ。誰かを罵倒すればいい。ならばフォロワーも「いいね」も増える。

そのころミダス王は自分の部屋で、手にしたスマホをじっと見つめていました。最高権力者であるからこそ、国民の評価は気になります。少し前にSNSを始めたミダスは、エゴサーチをして、ネット上に書かれた自分の悪評に驚きました。

そんなときに側近の一人にメディアとネットをコントロールしましょうと耳打ちされ、ミダス・ネットサポーターズクラブ（M―NSC）を作って好意的な書き込みを大量に投下して、少しだけ支持率が回復したばかりです。だから歴史や経済や憲法の勉強は後回しにして、エゴサーチは毎日の日課です。そしてこれを見つけました。

【王さまの耳は驢馬の耳】

ミダスはじっとスマホを見つめます。実は最近、ミダス本人もこの秘密を誰かに言いたくてたまらなくなっていたのです。理由は、もしかしたらもうとっくに知られているんじゃないかと疑心暗鬼になったから。だってアポロンに耳を驢馬の耳に変えられたとき、多くの観客が周囲にいました。彼らの口をふさぐことなど不可能です。

ならばみんな知っている。でも言わないだけだ。

その思いに耐えられなくなった最近のミダスは、わざわざ妃や家来の前で、「頭巾が暑いなあ、なぜこんな頭巾をしているか知っている？」とか、「驢馬の耳ってどう思う？　あれはあれで、なかなか造形的には優れているんじゃないかと思うんだ」などとしきりにつぶやくものだから、周囲の人たちは誰もが、頭巾の下がどんなことになってしまったかの察しはついていました。

……いい機会かもしれない。そう考えたミダスは、さすらいの髪切り人のツイートをＲＴしました。あっというまに拡散されます。こうして国中に噂が広がったとき、「誰が洩らしたんだ」と烈火のように上辺は怒りながら、その夜のミダスは久しぶりにぐっすりと眠ることができました。

ミダスと同じレベルで思慮分別に欠ける森達也は、結局はまた炎上して、ぐすぐす泣きながらベッドに入りましたとさ。

どっとはらい。

第6話　オオカミと少年

スマホの着信音が鳴りました。

フェイスブックの通知です。農作業をしていた村人Aは、耕運機のエンジンを切ってから、作業ズボンのポケットに入っていたスマホを取り出してフェイスブックのアイコンをタップしました。


オオカミが来た！


投稿者は山のほうに暮らしているヒツジ飼いの少年です。

これは大変だ。

村人はあわててこのメッセージを、村長や自警団長など村の有力者たちに送ります。ついでに妻にも、「が来た！　から出るな」とダイレクトメッセージを送りました。妻はスマホのヘビーユーザーです。おそらく数分後には、村人全体でこの情報は共有されているはずです。

この情報を投稿した少年は、山のふもとにある小さな村に住んでいました。両親は数年前に病気で亡くなり、まだ幼かった少年は父親の仕事だったヒツジ飼いを引き継ぎました。毎朝早く、牧羊犬のペスと一緒に柵の中にいるヒツジたちを引き連れて山を上り、日が暮れるころにヒツジたちとともに家に戻る毎日です。

一人だから仕事を休みたくても休めません。毎日が同じことのくりかえし。同世代の子供たちは学校に行って放課後には野球やサッカーに興じているけれど、少年にはそんな時間も経済的な余裕もありません。山を上ったり下りたりしているときは、ヒツジが群れからはぐれてしまわないようにしっかりと見張る必要があります。そして山に着いたら、オオカミの襲撃に警戒しなくてはなりません。

でも実際は、少年が生まれる前から父親が飼っていたペスが、ヒツジたちの看視役を引き受けてくれています。だから山に着いたらけっこう暇です。ところがやることがない。少年は孤独でした。そして刺激のない日常に退屈もしていました。

そんなある日、少年は山の上で隣村のヒツジ飼いに出会いました。一回り年上の彼は、片手に握りしめた何かをじっと見つめながら歩いています。少年が近づいてきたことにも気づきません。

「僕がもしオオカミだったら大変だよ」

少年は言いました。びっくりしたように顔を上げた年上のヒツジ飼いは、話しかけてきたのが少年だと知って、小ばかにするように片頬に笑みを浮かべました。

「誰かと思ったらおまえか」

「何を見ているの」

「おまえには関係ないよ」

そう言って年上のヒツジ飼いは行き過ぎようとしましたが、二カ月ぶりに誰かと話す少年は、必死にそのあとをついていきます。

「ついてくるなよ」

「何を見ているのか教えてよ」

「スマホだよ」

もちろん少年はスマホを知りません。仕方なく年上のヒツジ飼いは、スマホが何であるかを説明しました。

「これを使えば世界のいろんなことが、今この場にいても知ることができるんだ。それだけじゃない。遠くにいる人と話すこともできるし、ゲームだってやり放題だ。写真を撮ることもできるし、撮った写真をたくさんの人に送ることもできる」

少年は驚きました。そんな便利なものがこの世にあったのか。

「僕にも使えるかな」

「字は読めるのか」

少年はうなずきました。両親が生きていたときは学校に通っていました。簡単な読み書きくらいならできます。でも年上のヒツジ飼いは、「だけどスマホは高いぞ」と言いました。「貧乏なおまえには無理だ」

「高いっていくらくらい？」

「ヒツジ二十匹の羊毛を売ればなんとかなるかな」

二十匹の羊毛ならば少年の三カ月分の生活費です。がんばればなんとかなる。そう考えた少年は、それから必死に働きました。やがて春を迎え、刈り込んだ羊毛を町に売りに行き、その足でドコモショップに寄った少年は、旧型のスマホを買いました。ドコモショップの店員の説明によれば、山の中腹に最近アンテナを設置したので、上のほうまではぎりぎり電波が届くようです。
孤独な少年は大喜びで、スマホを手に家に帰りました。

翌日から少年の生活は一変しました。朝起きたらまずはスマホをチェックします。夜にベッドに入ってからもスマホを眺めながら眠りにつきます。ヒツジを連れて山に登ったり下りたりするときも、じっとスマホを見つめ続けています。子ヒツジが崖から落ちても気づきません。ペスが吠えても知らん顔です。

年上のヒツジ飼いが言ったとおりでした。スマホさえ眺めていれば、世界に起きているいろんなことがわかります。多くの人の意見を知ることもできます。ゲームもできるし写真を撮ることもできます。

でも孤独な少年には、撮った写真を見せる誰かはいません。誰かの書いたことを読むことはできても、自分が書いたことを読んでくれる誰かもいません。ゲームにはやがて飽きてしまいました。そんなとき、年上のヒツジ飼いにまた山の上でばったりと会いました。

「買ったのか」

年上のヒツジ飼いは、少年が手にしたスマホを見て驚いて言いました。

「ずいぶん無理をしたな」

どうやら年上のヒツジ飼いは、自分の真似をしてスマホを買い、すっかり夢中になっている少年が少しだけ可哀そうになったようです。

「せっかく買ったのなら、ＳＮＳをやったほうがいいよ」とアドバイスしました。

「エスエヌエス？」

「ツイッターだよ。フェイスブックやインスタグラムもあるけれど、初心者はまずはツイッターから始めたほうがいい」

そう言って年上のヒツジ飼いは、ツイッターとフェイスブックの登録のやり方を少年に教えました。その日の夜、家に帰った少年はスマホをテーブルの上に置いて、じっとその画面を見つめていました。すぐにツイッターを始めたいと思う気持ちと、迂闊に手を出さないほうがいいという直感が、少年の胸の裡《うち》ではせめぎ合っていました。

少年がさっぱり仕事に身が入らないようすなので、今日も一日ヒツジたちを追い回し続けて疲れ切っていたペスは少年の足もとにうずくまっていましたが、やがて少年を見上げて言いました。

「悩んでいるならやめたほうがいいよ」

少年はびっくりしてペスを見つめます。

「驚いた。君はしゃべれるのかい」

「まあ日常会話レベルだけどね。とにかくＳＮＳは危険だよ。特に免疫がない場合は」

「何でそんなことを知っているんだ」

「僕の知り合いの自称作家で映画監督の男は、最近になってツイッターとフェイスブックを始めて、おまけにずっと使っていたガラケーが使えなくなりそうなのであわててスマホに買い換えてよせばいいのにラインにまで手を広げようとして、何が何だか収拾がつかなくなってパニック状態になっているらしい」

「君の知り合いに作家で映画監督がいるのかい」

「自称だよ。とにかくその男はほとんど予備知識がないままにＳＮＳを始めて、今はかなりボロボロになっている」

「そうなのか」

「まあでも、ＳＮＳに悪い面ばかりがあるわけじゃない。良い面もたくさんある。要は使いかただよ」

「どう使えばよいのだろう」

　返事はありません。少年がもう一度同じ質問をしようとしたとき、ペスはワンと吠えました。それからは何を言っても答えません。自分は夢でも見ていたのだろうか、と少年は考えました。ペスのアドバイスは気にはなったけれど、少年は孤独すぎました。特にスマホを使い始めてからは、自分が世界で一人であることを、より強く実感するようになっていました。

　もっと多くの人と繋《つな》がりたい。その思いは日ごとに強くなっていました。


　人と繋がって生きる。これは人類の本能です。人は一人では生きてゆけません。そもそもは４５０万年前、人類共通の祖先であるラミダス猿人が樹上から地上に降りてきたとき、彼らは直立二足歩行と合わせて群れで生きることを選択しました。

なぜならば地上には樹上と違って大型肉食獣がたくさんいます。樹上で生活していたときのように単独でうろうろしていたら、たちまち彼らの餌食になってしまいます。でも群れでおおぜいが集まっていたら、肉食獣も簡単には襲ってきません。夜に寝ているときも、交代で誰かが見張れば、異変を全員に知らせることができます。狩りのときも、単独よりは集団のほうが獲物を確実にしとめることができたのかもしれません。

こうして人は群れる生きものになりました。

でも群れには大きな欠陥があります。同調圧力が強くなることです。だってみんながてんでばらばらに動いていては、群れの意味を成しません。イワシやムクドリの群れのように、群れは一つの生きもののように全員で同じ動きをします。同じ方向に同じ速度で動きます。でもこのとき、一人ひとりは速度や向きを実感することができなくなります。だって周囲全員が同じ動きをしているからです。

一人ひとりはそれなりに賢いのに、全員で同じ動きをすることを優先するとき、理性や論理や抑制が停止して、群れは暴走します。そして大きな過ちを犯します。これは人類が遺伝子に刻んだ大きな欠陥かもしれません。でも群れとは言い換えれば社会性。つまり群れる生きものになったからこそ、人はこれほどに繁栄したと見ることもできます。

いずれにしても、人は一人では生きてゆけません。それは少年も同じです。孤独で寂しいのです。ペスはもうしゃべってくれません。少年が話しかけても尻尾を振ってワンと吠えるだけです。少年は一人ぼっちです。誰かと繋がりたい。心からそう思いました。

少年はツイッターとフェイスブックを同時に始めました。でもフォロワーはなかなか増えません。ずっと一桁のままです。だって少年の生活には投稿するようなことがほとんどありません。最初のころは草を食《は》むヒツジたちや壮大な山の景色を写メして投稿して何人かに「いいね！」を押してもらったけれど、毎日が家と山の往復なので、他に撮るものを思いつけません。ヒツジや山を角度を変えて撮って投稿しても、（当たり前だけど）数人のフォロワーから反応はありません。

どうやったら拡散するのだろう。どうやったらシェアやRTしてもらえるのだろう。

孤独な少年はそればかりを考え続けます。


オオカミが来た！

この投稿の効果は絶大でした。

あっというまにシェアとRT数は200を超えました。ただしシェアやRTだけではなく、村の自警団が出動する騒ぎになりました。手に銃や鍬《くわ》や鋤《すき》を持った屈強な男たちが、顔色を変えて山を上ってきました。羊の群れの横にいた少年に声をかけます。

「おーい！　大丈夫か？」

久々に多くの人から声をかけられた少年はすっかり嬉しくなって、思いきり大きな声で「大丈夫です！」と答えました。

「オオカミはどこに行った？」

「みんなが来てくれたので逃げてゆきました」

「ならばよかった」と自警団の団長が言いました。

「しかしこれからは一人で行動しないほうがいい」

「ありがとうございます。でもそれは無理です」

「何で無理なんだ」

「僕に家族はいません」と寂しそうに微笑みながら少年は言いました。

「ずっと一人で生きています」

「それは困った」

そう言って腕組みをする団長に、「スマホがあるから大丈夫じゃねえか」と副団長が言いました。

「いいか少年、もしもまたオオカミが現れたら、すぐに今日のように知らせなさい」

「わかりました」

少年は嬉しそうです。その横ではペスが、少し困ったような表情でみんなの顔を見上げながら、力なく尻尾を振っています。

こうして、孤独な少年は孤独ではなくなりました。オオカミが来たとSNSに投稿すれば、みんなが心配して駆けつけてくれるのです。やがて村人だけではなく、少年の発信はテレビ局の報道部の誰かの目に留まりました。オオカミが頻繁に現れる危険地域に一人で暮らす少年として、テレビ局はニュース枠で特集番組を放送しました。

その番組が放送された翌日、村議会でオオカミアラートを設定することが、議員全員の賛成で可決されました。少年が「オオカミが来た」と投稿したらすぐに、村のあちこちに設置したスピーカーからアラート音が大音量で流れ、家に入ってテーブルの下などに隠れなさい、などと村人たちに警告します。

少年の「オオカミが来た！」との投稿は平均すれば三日に一度ほど。そのたびに村は大騒ぎ。走っていたバスはその場に停止します。なぜ停まるのか。かえって危ないのではないか、と思う人はいるけれど、誰も何も言わないので自分も黙っています。数年前に北朝鮮が実験用ミサイルを発射して日本上空を横切ったときの高度は５５０キロメートル。国際宇宙ステーションの軌道よりもはるかに高い。ところが政府と多くのメディアは落下物に警戒せよなどとアラートを発動して、ＪＲ東日本など多くの路線は運行停止を決定して休校する学校も相次ぎました。このときも何か変だなと首をかしげる人は少なくなかったけれど、パブリックに異論を唱える人はほとんどいませんでした。不謹慎だとして叩かれるからです。だから村議会でも全員がアラート発動に賛成しました。いや賛成のレベルではなく、オオカミを絶対に許すことはできない、攻撃は最大の防御だと提言する議員も現れます。ならば先にオオカミを襲撃すべきだ。村の誇りを守れ。この村は貴い。神の国なのだ。きっとカミカゼが吹く。もう何が何だかわかりません。

やがて冬が終わり春になりました。少年の「オオカミが来た！」投稿数は100を超えました。でもオオカミは現れません。

ようやく村人たちは気づき始めていました。オオカミなど実はどこにもいないのだと。


……原作を忠実に再現すれば（ここまで書いておいて今さら忠実もないけれど）、少年は最後にオオカミに襲われなければならない。でもここまで書いたため作者は、孤独な少年に情が移りすぎてしまった。

「嘘ばかりついていた少年はオオカミに襲われて食い殺されてしまいました」では終われない。終わらせたくない。あまりに無慈悲すぎる。何とかならないのか。

だからエンディングは変える。


少年はSNSで得たノウハウを駆使して、YouTuberとして成功しました。いまや有名人です。大都会の高層マンションの一室で、早朝から夜中までパソコンやスマホやｉＰａｄなど多くのデジタル機器に囲まれて、とても忙しい日々を送っています。

でも時おり、少年はヒツジ飼いのころを思い出します。高層マンションの部屋の中にはもちろんヒツジはいません。リモコンを手にエアコンの温度調整をしながら少年は、かつて僕は孤独だった、と思います。ならば今は孤独ではないのだろうか。いろんな人や場所につながっているらしいけれど、この空間には匂いがない。風もない。四季の変化もない。バッタやトカゲもいない。これは僕が望んだ人生なのだろうか。

そのとき、すっかり老いて毎日寝ているだけになってしまったペスが、ふと片目を開けて小さな声で言いました。

……とっぴんぱらりのぷう。

第7話　パンドラ

「外見は我々と同じ生きものをたくさん作れ」

そうプロメテウスに命じながらゼウスは、「ただしサイズは小さくしろ。そして女は要らない。男だけだ」と早口で続けた。

「男だけ」

とプロメテウスは首をかしげる。

「なぜですか」

そう訊かれてゼウスは、「女は災いのもとだ」と顔をしかめながら答える。

「なるほど」

「何だよなるほどって」

「いえいえ。わかりました。神々のミニチュアですね。要するにフィギュア。ただし女はなしと」

そう言ってからプロメテウスは、手もとにあった粘土をひとつかみ手にした。好色なゼウスは正妻であるヘーラー以外に、セメレー、レートー、カリストー、ラミアー、イーオーなど愛人がたくさんいて、ヘーラーとはいつも「何やってんだいこの宿六《やどろく》!」「うるさいクソババア」などと揉めている。オリンポスの神々を支配し統率する最高神の夫婦の会話としてはあまりに情けない。そのうっぷんで思いついたのだろうとプロメテウスは考えた。まあいいさ。ちょうど暇をもてあましていたところだ。私はアーティストであると同時に職人でもある。求められればできるかぎりは応じる。それに神々と同じ造形のミニチュアという発想は確かに面白い。

　そう考えたプロメテウスは、粘土で神々の姿かたちに似せたミニチュアを作り続けた。始めると夢中になった。数日後にゼウスは工房にやってきた。

「女は作ってないだろうな」

「作ってません」

　足もとの一つを手にしてしげしげと眺めて満足したようにうなずいてから、ゼウスは息を吹きかけた。同時に粘土細工は動き出す。命を吹き込まれたのだ。さすがは全宇宙を支配する天空神だ。次々に息を吹きかけながら、「これを地上に送れ」とゼウスは言った。

「地上ですか」

思わずそう言ったプロメテウスに、ゼウスはゆっくりと視線を向ける。

「何か問題なのか」

「この粘土細工の生きものたちは、我々と姿かたちが同じです」

「当り前だ。私がそう命じたのだ」

「似ているということは、翼を持ちません」

「それはそうだ。鳥ではないのだから」

「だから空は飛べません。それだけじゃない。足は二本しかないから、走ってもスピードが出ません。鋭い爪や牙も持たない。泳ぎも下手です。しかも小さい。筋肉も発達していない。姿かたちだけではだめです。我々と同じ能力を与えないと、あっというまに他の生きものたちの餌食になって、彼らは死に絶えます」

腕の時計をちらちらと気にしながら、「それはダメだ」とゼウスは言った。

「もしも我々と同じ能力を与えたら、この粘土細工の生きものたちが神々になってしまうではないか」

「しかし……」

「ならば少しだけ知性を与えればいい。他の能力は必要ない」

「知性ですか」

そうプロメテウスが訊き返したとき、ゼウスのスマホが鳴り始めた。ラインが着信したようだ。ちらりと画面を見てから、「そうだよ」とゼウスは面倒そうに答える。

「ただし絶対に火を与えてはいけない」

「なぜですか」

しばらく待ったけれど答えはない。プロメテウスは顔を上げる。ゼウスはいない。工房の扉が開いている。走ってどこかに行ってしまったようだ。おそらく愛人の誰かとのデートの時間が迫っていたのだろう。

命を与えられたばかりの生きものたちを、プロメテウスは段ボール箱に入れた。小さくてひ弱な生きものたちだ。指に力を入れすぎるとすぐにつぶれてしまうだろう。しかも男ばかりだ。多少の知性くらいでは焼け石に水だ。そんなことを考えながら、プロメテウスは段ボールの蓋を閉じてガムテープで密閉した。

宅配便を頼むつもりでいたけれど考えなおした。このひ弱な生きものたちを放置はできない。しばらくは傍にいたほうがいい。そういえば地上には弟のエピメテウスが住んでいる。もう何年も会っていない。この生きものたちを運ぶついでに、久しぶりに弟の顔も見てこよう。

こうして世界に人類（ただし♂ばかり）が誕生した。一緒に地上に降りたプロメテウスは、彼らに言葉や文字を教え、家や道具を作ること、野菜や穀物を栽培したり家畜を育てたりすることなども覚えさせた。要するに情がわいたのだ。自分の子供のような感覚だったのかもしれない。

粘土から生まれた彼らは齢《とし》をとらない。病気もないし死ぬこともない。女性が存在しないので、色恋の嫉妬や猜疑《さいぎ》心もない。希望がないから絶望や失望もない。自己顕示欲や向上心もないから、後悔や不安や妬みや絶望もない。

しかし地上には四季がある。過ごしやすい季節ばかりではない。寒い冬に火がなくては暖をとれない。狩りの獲物を煮たり焼いたりすることもできない。

人間たちと生活を共にしながら、プロメテウスはエピメテウスに言った。

「私は人間たちに火を与えようと思う」

「マジか」とエピメテウスは言った。

「ゼウスが怒るよ」

「覚悟のうえだ」

「ひどい目にあう」

「そうだろうな」

「半端ないと思うよ」

「わかってるよ」

「死ぬほど苦しむ」

「だからわかってるよ！」

　プロメテウスは天界から盗んだ火を人類に与えた。こうして人類は次のステージに進化することができた。火を使って鉄を鋳造して武器を作り、土地や食料を奪い合って争いが始まった。これを知って怒ったゼウスは、権力の神クラトスと暴力の神ビアーに命じて、プロメテウスをカウカーソス山の山頂に鎖で縛りつけた。

「この山には肝臓が大好物の凶暴な巨大な鷲《わし》がいる」

身動きできないプロメテウスにビアーは言った。「おまえさんが何をやったか知らないが、今のうちにゼウスに謝ったほうがいいぜ」

プロメテウスは答えない。謝ってすむのならいくらでも謝るが、ゼウスは火を再び人類から取り上げることを命じるだろう。それに従うことはできない。

クラトスとビアーが去ったあと、巨大な鷲が大喜びで飛んできて、身動きできないプロメテウスの腹を食い破り、肝臓をついばんだ。痛いなんてもんじゃない。冗談じゃないぞバカヤロウ。口汚く罵るが鷲は動じない。肝臓をきれいに食べ終えてから、満足したように飛び去っていった。

しかしプロメテウスの苦しみは終わらない。なぜなら神であるプロメテウスは死なないのだ。しかも肝臓は夜に再生される。翌朝にはまた鷲に肝臓をついばまれる。ゼウスが言い渡した刑期は三万年。気の遠くなるような時間だ。

こうしてプロメテウスの永劫に近い苦しみが始まってしばらくが過ぎたころ、ゼウスは炎と鍛冶の神であるヘーパイストスを呼び、人類の女性を作れと命じた。

「一人でいい。この世のものとは思えないほどに美人にしろ」

「私は職人です」とヘーパイストスは困ったように言った。「アーティストではございません。武器や道具は作れますが、生きものは初めてです。ましてやこの世のものとは思えないほどに美しい顔など無理です。プロメテウスに作らせたほうがいいのでは」

「それは無理だ」

「なぜですか」

それには答えずにしばらく考え込んだゼウスは、美の女神であるアフロディーテと音楽の神アポロンを呼び、できあがったミニチュアに美しさと癒しの力を与えるように命じた。

「また新しい愛人を作るのですか」とあきれたようにアフロディーテが言った。

「違うよ」とゼウスは答えた。「これは地上に送るつもりなんだ」

「何を企んでいるのですか」とアポロンが首をかしげる。

ニヤニヤと笑いながらゼウスは答えない。こうしてヘーパイストスが作った女性のミニチュアは、アフロディーテからは美しさを、そしてアポロンからは人を癒す力を与えられた。手にとってその仕上がりを満足そうに眺めてから「名前はパンドラにしよう」とつぶやいたゼウスは、すばやく息を吹きかけた。

「何をしたのですか」アポロンが言った。

「料理でいえば隠し味」

「意味がわかりません」

「好奇心だよ」ゼウスは言った。口許には狡猾そうな笑みが浮かんでいる。それからゼウスは、「絶対に蓋を開けてはいけないよ」と言いながら、パンドラに一抱えほどある黄金の箱を渡した。

「なぜ開けてはダメなのですか」とパンドラは訊いた。

「教えられない」とゼウスは言った。

「ではなぜ、これを私にくれるのですか」

「それも秘密」

そう言ってからゼウスは、パンドラを地上に暮らすエピメテウスの家に送りなさいとアポロンに命じた。

こうしてパンドラはエピメテウスと暮らすようになった。ゼウスの意図を図りかねたエピメテウスは、カウカーソス山の山頂に鎖で縛りつけられたままの兄を訪ねた。

「とんでもない美女なんだよ」とエピメテウスは言った。「でもなんでゼウスは私にパンドラを送ってきたのだろう」

「あのさあ」とプロメテウスは鷲に腹を食い破られながら言った。「この状況を見ろよ」

「痛そうだな」

「痛いなんてもんじゃない」

「こっちの身にもなれ」と鷲が言った。「毎日毎日レバ刺ししか食べられない。好物だったけれどさすがに飽きた」

「とにかく私はパンドラをどうすればいい」

「ゼウスはパンドラと一緒に何か送ってこなかったか」

「そういえば箱が一緒だった。嫁入り道具かな」

「絶対にそれを開けるな」

「何で」

理由を説明しようとしてプロメテウスは逡巡した。自分の名前の由来はギリシャ語で「pro」(先の、前に)「mētheus」(知恵)。つまり先見の明。弟の名は、「epi」(後の)「mētheus」(知恵)。後から考える。それはだめだ。後悔先に立たずということわざもある。下手に説明しないほうがいいはずだ。

「とにかく開けるな」

「何かさあ、兄貴はいつも上から目線だよな」

「仕方がない。おれはおまえの兄貴だ」

「高圧的だよな」

「兄貴とはそういうものだ」

「だから弟に殺されるんだよな」

「カインとアベルか」

「気をつけたほうがいいぜ」

「あれは兄殺しではなくて弟殺しだ」

まずそうにレバーをついばんでいた鷲がたまりかねたように言った。「しかもギリシャ神話でもない。旧約聖書だ」

「そうだっけ」とプロメテウスが気のなさそうに言った。でも本音は、弟の前で間違いを正されてかなり不満だ。鳥類のくせに。

「とにかく箱は開けるな」

そう言うプロメテウスに、「パンドラはどうすればいい」とエピメテウスは訊いた。

「ゼウスに送り返せ」

「そんなあ」

「女は災いのもとだ」

「女じゃなくて女で熱狂する男が災いのもとなんだよ」

「とにかく言うとおりにしろ」


家に帰ったエピメテウスは、「お兄さんは何ておっしゃったの」とパンドラに訊かれ、一部始終を伝えた。

「ではあなたは私を送り返すのかしら」

「それはないよ」

思わずパンドラを抱きしめながら、「おまえと離れて暮らすことなど、私にはもう不可能だ」とエピメテウスはつぶやいた。

「お兄さまに怒られるわ」

「今のあいつには何もできないよ」

そう言ってからエピメテウスは、「でも箱は開けないでくれ」と言った。「二つ言われたから一つくらいは守りたい」

「嫌よ」

パンドラは答える。「今すぐ開けて。中に何が入っているか知りたいの」

「それはダメだ」

「わからなければ私は死んでしまう」

どうしても好奇心を抑えられないパンドラに迫られたエピメテウスは、とうとう根負けして箱の蓋を開けてしまう。その後の有名なエンディングは、きっとあなたも知っているだろう。そしてもしかしたら、これは旧約聖書「創世記」に登場するアダムとエバ（ちなみにカインとアベルの両親だ）の話とよく似ている、と気づいた人もいるかもしれない。

神は天地を創造し、6日目に自分をかたどって土で人を造った。また、アダムの肋骨から女を造った。男の名はアダム、女の名はエバ。二人はエデンの園で暮らしていた。神は「この園にある全ての樹の実を食べても良いが、善悪の知識の木の実だけは決して食べてはならない」と二人に言った。

しかしエバは、蛇にそそのかされて禁断の木の実を食べてしまい、それをアダムの目の前に差し出した。その誘いを断りきれず、アダムも木の実を食べた。

食べ終えてから二人は自分たちが裸であることに気づき、恥ずかしさのあまり体をイチジクの葉で隠した。その様子を見て、二人が約束を守らなかった（原罪を犯した）ことを知った神は、二人を楽園から追放してしまう。

ギリシャ神話と旧約聖書。この二つの神話に共通することは、浅慮《せんりょ》な女によって男は過ちを犯す、という男目線のストーリーだ。イザナギとイザナミが登場する古事記の「国産み」にも、やはり近い要素はある。二人の最初の子供が（奇形である）ヒルコだった理由は、女性神であるイザナミのほうから男性神であるイザナギに声をかけたからだと説明されている。イスラムの一夫多妻や女性のヒジャブ着用の義務も、コーランやハディースを根拠にしている。

男性優位的な社会構造。かつては当然の前提だったジェンダーギャップを追認する装置として、世界の伝承などが貢献していたことは確かだろう。

とにかくパンドラは箱の蓋を開けた。中からは病気、絶望、妬み、憎悪、恐怖など、それまで世界に存在していなかったあらゆる悪が飛び出してきた。エピメテウスがあわてて蓋を閉めると、中から弱々しい声がした。

「私も外へ出してください」

「おまえ誰なの？」

そうパンドラが訊ねる。

「私はエルピス（希望）です」

声はそう答えた。

エピメテウスとしばらく顔を見合わせてから、小さく吐息をついたパンドラは、ゆっくりとした動作で蓋に手をかけた。

「良かったですね！」

開いた箱の縁によじ登りながら、エルピスは嬉しそうに言った。

ギリシャ神話にはその外見についての記述はない。僕が子供時代に読んだ絵本では、エルピスは手足の生えた卵のような体型でフロックコートを着ていた。何となくハンプティダンプティに似ている。まあそんなイメージでいいや。

エピメテウスとパンドラは沈黙している。二人の顔を交互に見つめてから、「良かったですね！」とエルピスはもう一度言った。この世の不幸せをすべて浴びたかのような（比喩ではなく事実だ）顔をしながらパンドラは、「何がよ」と小さな声でつぶやいた。

「私がいれば人類は絶望せずに済みます」

「どういう意味」

「だって私は希望です」

「いや、それ逆じゃないかな」

がっくりと肩を落として足もとを見つめていたエピメテウスが言った。

「逆と言いますと」

「あなたがいるから絶望があるのよ」

「あなたがいなければ落胆もないよ」

しばらく考えてから、「まあ、そういう見方もあるかもしれませんが」とエルピスは言った。

「そもそもあなたの名前のエルピスだけど」

「古代ギリシャ語です」

「それは知っているよ。希望と訳す人もいるけれど、予知や期待と訳す人もいる」

「……同じだと思いますが」

そう言いながら箱から降りようとしたエルピスに、パンドラは「出たらだめよ」と言った。

「なぜですか」

「絶望が出ちゃったから」

「だからこそ私が必要です。どんなに絶望しても、打ちひしがれても、私がそばにいれば、人はまた立ち直れるのです」

「違うよ」とエピメテウスが言った。「順番を考えろよ」

「何のことですか」

「おまえがそばにいるから、人は絶望するんだよ」

「あなたがいなければ、絶望も意味を持たないわよ」

しばらく沈黙してから、「どうかしている」とエルピスは不愉快そうに言った。「それは希望も絶望もない世界です。それでいいのですか」

「ぜんぜんOKよ」とパンドラが言った。

「どちらを好むかは人それぞれだけど、そういう浮き沈みは私の望む世界ではない」とエピメテウスが言った。

「いやいや。希望がない人生などありえない」

「もう一回言うけれど、おまえがいるから絶望が張りきるんだよ」

「どうしても出たいならどうぞ」とパンドラがつまらなそうに言った。「ただし自分を絶対視しないでね。あなたは厄介者なんだから」

ひどいよひどいよと泣きながらエルピスは出て行った。希望も泣くのか。希望は絶望するのだろうか。何が何だかわからない。

ちょうどそのころ、カウカーソス山の山頂に鎖で縛りつけられて鷲に肝臓をついばまれながら、「いい加減にしろ!」とプロメテウスは叫んでいた。

第8話　金の斧

むかしむかし、あるところに、とても真面目で働きものの一人の木こりがいました。ある日、池のほとりで木こりが仕事をしていたとき、振りかぶった斧が手から抜けて飛んでゆき、池に落ちてしまいました。

斧がなければ仕事になりません。池のほとりで木こりが泣いていると、ふいに池の表面が七色に輝き始めました。

いったい何が起きるのか。唖然と見つめていたら、池の中から女神が現れました。女神は木こりに泣いている理由を訊ね、少しお待ちなさいと言ってから、再び池の底に潜りました。

……おそらくはほとんどの人が子供時代に読んだ「金の斧と銀の斧」は、そもそもはイソップ寓話集に収録されている話のひとつだ。ただし相当にアレンジされている。イソップの原典では、池ではなく川の設定だ。そしてその川から現れる神はオリンポス12神の一人で、旅人や商人などの守護神とされているヘルメスだ。女神ではない。

まあでも、確かに川よりも池のほうがイメージしやすい。さらに男神よりも女神のほうが煌びやかだ。

なぜ男神から女神に変わったのか。ジェンダー的な視点でいろいろ斜めから考察することもできなくはないけれど、今回はシンプルに池と女神のセットで進める。

いくつかを読んだが、真面目で働きものであること以外は、木こりのプロフィールについての記述はほとんどない。だから考えよう。年齢はきっと若い。二十代後半。一人暮らしだ。名前は泉谷浩二。

確かに真面目な男だった。優秀な成績で大学を卒業して一流商社に就職したが、任された仕事が遺伝子組み換え種子やプラスティック製品の輸入業務で、自分の仕事は地球の環境に負荷を与えていると思い悩み、この春に会社を辞めたばかりだった。

そんなときに書店でエコロジーライフを推奨する本を手にした。これしかない。退職金をはたいて田舎の山林に土地を買って自分でログハウスを建てた（実はキットだが）。

憧れのエコロジーライフ。電気もないしガスや水道もない。それで満足していた。ただし一人息子の成長を生きがいにしていた両親は、当然ながら気落ちしている。でも泉谷は気にしていない。そういうタイプだ。自分が正しいと思うことへの懐疑がほとんどない。よく言えば真直ぐ。悪く言えば扁平《へんぺい》。

とにかく斧をなくした泉谷は、池のほとりで女神を待ち続けた。そこまで斧が大事なら、自分で池に潜って探せばいいと思うが、実は池はとても深いのだ。しかも底はぬかるみ。池の中に落としたら、見つかることはまずない。池から再び現れた女神に、泉谷は思わず言った。

「泥まみれです」

「それはそうよ」

そう言ってから女神は、背中の後ろに隠していた金の斧を、泉谷の目の前に差し出した。

「見つけましたよ。おまえが落とした斧はこれですね」

しばらく不思議そうに金の斧を見つめてから、泉谷は顔を上げて女神を見つめた。

「いやいや。これは違います。こんなピカピカ光る斧じゃないです」

「ではこれですか」

次に目の前に差し出された銀の斧を見ると同時に、泉谷は頭を激しく横に振りました。

「これも違う。黒い斧です」

「これでもいいんじゃないの」

「いや。私の大切な仕事道具です。あの斧でなければ、樹はうまく切れません」

「また私に泥に潜れって言うの」

怒ったように言って「文字どおり、私は顔に泥を塗られたわ」とつぶやいてから、女神はくすくすと嬉しそうに笑った。あたし今日は冴えてるわ。でも生真面目な泉谷には意味がわからない。きょとんとしている。

そんな泉谷をしばらく見つめてから、女神はにっこりと微笑んだ。本人としては優しく慈愛に満ちた表情を浮かべたつもりだったのだが、泥や藻で顔が覆われていて、泉谷にはメスのナマハゲがにやりと笑ったようにしか見えなかった。

「お気を悪くしたのなら謝ります。許してください。斧はもうあきらめます」

「何言っているのよ」

そう言ってから、女神は後ろ手に隠していた最後の斧を泉谷の目の前に突き出した。

「あなたの斧はこれね」

「ああこれです」

「とても正直な人ですね」

女神は言いました。

「そのご褒美に、この金の斧と銀の斧もあなたに進呈します」

「いやいや。使い馴れた鉄の斧だけで充分です」

「しかも欲がない」

嬉しそうに女神は言葉をつづけた。

「あなたのような人を私はもう何年も待っていました。この金の斧と銀の斧はそのために用意していたのです。さあ、持ってゆきなさい」

しかし泉谷は手を伸ばさない。しばらくじっと考えてから、「あなたは僕を試したのですか」とつぶやいた。

「もしも僕が、金の斧が自分の斧ですと答えたなら、あなたはどうするつもりだったのですか」

　女神はあわてた。

「気にしなくていいのよ」

「私たち人間があなたたち神を試そうとすると、あなたたちはとても怒る。それなのにあなたは私を試そうとした」

「だって神だもの」

「納得できないです」

「そんなこと言わずに持っていってよ。困るのよ。神を困らせないでよ」

　しばらく考えてから、泉谷は「だいたい金や銀の斧なんて実用的じゃない」とつぶやいた。

「それで樹を切ったら、たぶんあっというまに刃は曲がります。知ってますか。金や銀はとても柔らかい。斧には不向きです」

「売ればいいじゃない。一年ほど寝て暮らせるだけのお金になるわ」

「寝て暮らすために脱サラしたわけじゃない。早起きして働く。テレビもスマホもない。僕は今のこの生活に満足しています」

そう言うと泉谷は、鉄の斧をひったくるように受け取って帰ってしまった。泥にまみれた女神はしばらく呆然としていたけれど、やがて肩で息をついてから、ゆっくりと池の底に沈んでいった。

泉谷が暮らす丸太小屋の隣（といっても数百メートル離れているが）にも木こりの一家が住んでいた。主の名前は土谷慎吾。齢は53歳。子供は五人だから大家族だ。長く木こりをやってきた土谷の肩や腕の筋肉は隆々としている。

代々の木こりの家に生まれた彼は、子どものころから今は亡き父親と一緒に山で樹を切っていた。樹を切る腕は一流だけど、他には何もできない。家は貧しい。妻と育ち盛りの五人の子供たちはいつも腹を空かしている。

特に近年は安い外材に押されて、この国の木こりの生活は厳しい。せめて子どもたちには大学を出て違う仕事をしてほしいが、毎日がぎりぎりのその日暮らしで、貯金などほぼ夢だ。

先月から土谷の妻は、少しでも家計の足しになればと国道沿いのコンビニでパートタイムを始めた。往復は自転車で一時間。でもそれも焼け石に水だ。この国の格差はますます広がっている。貧しい家はずっと貧しいままだ。

そんなときに文部科学大臣が「身の丈に合った教育を」と発言した。貧乏な家は子供を義務教育だけにしろということか。腹は立つけれど国会前デモに行けるほど時間の余裕はない。

あの大臣は電車賃がなくて外出をあきらめたり閉店間際のスーパーで半額になった総菜や弁当を買いだめしたり子供の給食費が払えずに待ってもらったりした体験はないのだろうな。だから言葉が軽い。いつも上滑りだ。大臣だけではない。首相も含めて今の政治家たちのほとんどは言葉が響かない。しかも公文書は平気で改ざんして廃棄する。

俺たち木こりにとって斧が商売道具であるように、政治家は国民に向かって語る言葉が命ではないのか。官僚にとって文書は何よりも大切なのに、改ざんや廃棄が日常的に行われているのなら自分たちの歴史がわからなくなる。まったくひどい国だ。いつからこんなことになったのだ。

泉谷が池の女神に会ったという話は、土谷の耳にも聞こえてきた。もちろん金と銀の斧をもらわなかったことも。なんてバカなんだ。土谷は翌日の早朝に池に行き、深呼吸をしてから、手にしていた斧を思いきり池の中に放り投げた。大きな水音がしてからしばらく様子を見たが、女神は現れない。

しまった。

土谷はつぶやいた。

俺は早まったかもしれない。女神はもういない。別の池に移動しているのだ。ならば商売道具の斧を、俺はたった今失くしてしまったことになる。どうしよう。新しい斧を買うような余裕はない。仕事ができない。また女房が泣く。どうすればいいのだろう。

たっぷり30分ほどが過ぎてから、女神はようやく姿を現した。池のほとりでがっくりと膝をついていた土谷は、涙でぐっしょりと濡れた顔を上げながら、遅いよお、と小声で言った。

「お化粧を直していたのよ」

女神は言った。そういえば顔に泥がついていない。

「あなたはなぜ泣いているの」

「大切な斧を池の中に落としてしまったのです」

「それはこれですか」

そう言いながら女神は金の斧を土谷の顔の前に差し出した。

「それです」

土谷は即答した。女神は無言で土谷を見つめる。

「よく見なさい。これはあなたが落とした斧ですか」

「それです」

「これはどうなの」

差し出された銀の斧を見た土谷は、「ああそれも私の斧です」とためらうことなく言った。

「じゃあこれは」

最後に出てきた鉄の斧を見て、「どうしようかな。でもまあ、それも私の斧です」と
土谷は言った。

「三本も落としたというつもり」

「そうですよ」

「あなたは嘘つきです」

「嘘じゃないです」

「だってこの金の斧と銀の斧はあなたの斧ではないわ」

「でも欲しいんです」

「嘘をついたわね」

「私は自分の心に嘘をつきたくないんです」

しばらく考えてから、女神は「なるほど」とつぶやいた。

「あなたは自分の心にとても正直な人なのね」

「私の帰りを、腹を空かした家族が何人も待っています」

「大変ね」

「だからお願いです。金と銀の斧を私にください」

「自分の心に正直であるあなたは、もしかしたらとても大切な生き方をしているのかもしれません」

女神は言った。ご褒美をくれるのだろうか。土谷は思わず手を差し出した。

「でも人は動物とは違う。道徳や倫理は大切よ。それに何よりも規則は規則よ」

そう言うと同時に女神は、三本の斧を抱えながら池の中に姿を消した。


不条理だ。あなたはそう思うかもしれない。いやこれはこれで道理だと思うかもしれない。僕もそう思う。不条理だし道理でもある。現実は御伽噺のように都合よくは運ばない。ただし数年後、脱サラした泉谷の家は空き家になった。単調で刺激のない木こりの生活に飽きて都会に戻ったらしい。

土谷は妻がパートでためた貯金を切り崩して新しい斧を買った。そのころに国から多少の助成金と補助金が降りた。満ち足りた生活を送るには充分ではないが、何とか子どもたちを進学させることはできそうだ。斧をなくしたときは絶望したけれど、時が経てば笑い話になった。

こうして人々は生きてゆく。神さまは時おり現れる。でも何もしない。祈りや願いのほとんどはかなえられない。祈るだけ。願うだけ。それでよい。それが神だ。もしも金の斧を差し出されたりこんなご利益があるとかご褒美をあげるなどと神さまに言われたなら、絶対に何か魂胆があるのだろうと思ったほうがいい。

神とはそんな安っぽい存在ではない。

第9話　ハーメルンの笛吹き男

1284年、ハーメルンの町にはネズミが大繁殖していた。農作物が大きな被害を受けるだけではない。ネズミはペスト菌を媒介する危険な生きものだ。当時のペストは致死率が非常に高く、感染すれば半分以上の人が死に至った。別名は黒死病。敗血症を合併する可能性が高く、その場合は全身の皮膚が黒ずんで死ぬからだ。

アオカビから発見された抗生物質（ペニシリン）が商品化される20世紀半ばまで、ペストは人類の最大の敵だった。特にピーク時の14世紀は、当時のヨーロッパ人口の3分の1から3分の2にあたる約2000万から3000万人前後がペストで亡くなっている。だからこそハーメルンの人たちは、不安と恐怖でパニックになった。この時代にはまだネズミがペスト菌を媒介するという認識はなかったとの説もあるが、村人たちは体感的にネズミとペストとのかかわりを察知していた。町ぐるみで必死にネズミの駆除を始めたが、ネズミ算式に増えるネズミ（当たり前だ）は増えるばかりだ。

そんなとき町に、手に笛を持って色とりどりの布をパッチワークした衣装を着た男が現れ、自分ならネズミをすべて退治できると町の人々に告げた。

非常時でなければ誰も相手にしない。だってファッションセンスが常軌を逸している。

普通なら通報されるレベルだ。旅芸人だったのかもしれない。でも町の人たちは本当に困っていた。一縷《いちる》とはいえ可能性にすがりたい。噂を聞きつけた町長が交渉したら、男は成功報酬という条件をあっさり飲んだ。ならば町としてのリスクはない。町長は男と契約した。ネズミを退治してくれれば報酬を支払います。


その翌日。町の大通りに立った男は、手にしていた笛を吹き始める。

すぐにネズミが男のもとに集まり始めた。地下室から。下水溝から。壁の隙間から。たくさんのネズミが男の足もとに寄ってくる。町の人たちはあっけにとられてその様子を眺めている。やがて男は笛を吹きながら歩き始めた。笛の音は少しずつ大きくなり、離れた場所からもネズミたちは集まり始めた。すさまじい数だ。

頃合良しと見計らい、男は市の中心部を流れるヴェーザー川に向かい、笛を吹きながら川の中に入る。男にとっては腰から下の水位だが、ネズミたちにとってはきわめて危険な水位だ。でもネズミたちは歩みを止めない。次から次へと川の中に入り、溺れ、窒息し、川下に流されてゆく。

こうして町からネズミはいなくなった。川から土手に上がってきた男は、集まっていた群衆にぺこりとお辞儀をしてから、「さすがにびしょ濡れです。今はまず風呂に入りたい。町長のもとには明日お伺いします」と言ってから、宿へと帰っていった。

グリム兄弟によって有名になった「ハーメルンの笛吹き男」の話が、実話に基づいているという説はかなり流布されている。そもそもハーメルンはドイツ連邦共和国のニーダーザクセン州に実在する都市だ。またこの事件そのものが起きた日時も、原典では1284年6月26日と特定されている。

ならば史実なのだろうか。しかし町のすべてのネズミたちが笛の音に誘われて川に飛び込んだという話を額面どおりに受け取ることはできない。何かの暗喩かもしれない。

宿に帰る男を町の人たちは見送った。これでもう今夜から安心して眠ることができる。でも一人がぼそりと言った。「あいつはずいぶん高額な報酬を要求したと聞いている。ところがやったことは笛を吹いて川に入っただけだ」

　確かにそうだ。結局は自分たちの税金なのだ。町の人たちは役場に向かう。ネズミがいなくなったと大喜びで祝杯をあげていた町長に、「いくら払うと約束したんだ」と詰めより、金額を聞いて仰天した。

「町の年間予算の三倍だ」

「ありえないだろ」

「あいつは笛吹いて歩いただけだ」

「納得ゆかねえ。必要経費だけでいいはずだ」

「宿代と交通費。あとはあの奇天烈なズボンの洗濯代くらいはつけてやってもいい」

「いやあ、だって約束しちゃったし」

　おどおどと小さな声で反論する町長に、町の人たちは「ならばおまえが払え」と声をそろえて言い返した。ある意味で群集心理だ。

「おれたちの血税は一円も使わせねえ」

　殺気だった町民たちの顔を見て、これは逆らうべきではない、と町長は考えた。だって次の選挙は来年だ。ここで押し切ったら落選するかもしれない。

「まったくみなさんの言う通りです。あの男は踊りながら笛を吹いただけ。これほどに多額の謝礼は必要ない。そう言って追い返してやります」

……ここまでを書いて、かつてテレビディレクターだったころのことを思いだした。たまたま知り合ったその男性は、僕の仕事がテレビディレクターであることを知って、しばらく考えてからこう言った。

ならば言いたいことがあります。今のテレビです。下らない番組ばかり。特にゴールデンタイムはひどい。おふざけばかりです。もっと硬派のドキュメンタリーとか世界の報道とか、そうした番組をなぜ放送しないのですか。時おりテレビの人を軽蔑したくなります。何であんな下らない番組ばかり見せるのですか。

このとき自分が何と返事したかはよく覚えていない。でもきっと、ああすいませんとかそうですよねえなどと言いながら、早く話題を切り替えようとしていたはずだ。ごまかそうとしたわけではない。思いはほぼ同じだ。でも返事に困る。だって「なぜこんなに下らない番組ばかりなのか」に対するシンプルで率直な答えは、「あなたたちが観るからですよ」なのだ。

現役のテレビディレクター時代、民放でゴールデンタイムにオンエアする報道番組の立ち上げに関わったことがある。プロデューサー以下スタッフの士気は高かった。でも結果として視聴率はありえないほど低迷して、ほぼ打ち切りのように終わったと記憶している。なぜなら他局のバラエティやグルメ番組にまったく歯が立たないのだ。

もちろんこれに対して、「そんな商業主義だけでいいのか」との反論も可能だ。でもならば僕は、「だって商業行為です」と小さな声で答えるだろう。テレビ局だけではない。新聞社や出版社も含めて組織メディアのほぼすべては（ＮＨＫなどを例外として）基本的には営利企業だ。社員はその利益を分配されて生活を維持している。下請けや関連企業の社員の生活もある。もしも利益がなければ取材費も工面できなくなるし、世界各地に支局を置いて記者を配置することもできなくなる。視聴率や部数は一般企業における売り上げを意味する。ならば優先されることは当然だ。

ただ同時に、メディアはそれだけで良いのかとも考える。企業には組織の論理が不可欠だけど、メディア企業にはジャーナリズムの論理も必要だ。そしてそれは組織の論理とは一致しない。むしろしばしば相反する。

一人ひとりの記者やディレクターやデスクやプロデューサーは、その狭間で煩悶し、悩み、考え続けることが重要だ。そこに方程式はない。考えねばならない。だから効率は悪い。さらにコンプライアンスやガバナンス、リスクヘッジなど最近流行りの（組織的な）規範とも、個を基盤とするジャーナリズムの論理は相性が良くない。だから悶々とする。後ろめたさを引きずる。それでよい。胸を張ってはいけない。なぜなら負い目がないジャーナリズムは正義に直結しやすい。それはダメだ。ジャーナリストは自身を正義と同一化してはいけない。

結局のところ、メディアを規定するのは市場原理だ。ニュースの価値は市場が決める。視聴者の欲望やニーズや嗜好に応じて供給が決まる。それは政治の世界も同じだ。視聴率や部数は支持率と同じ意味を持つ。つまり社会とメディアと政治は三位一体。国民は素晴らしいのにメディアがダメという国はない。政治家は最低だが国民の意識は高くてメディアはしっかりと機能しているという国もない。この3つは常に同じレベルだ。最近はネットなどでマスゴミという言葉をよく見かけるが、もしもこの国のメディアがゴミのレベルであるならば、この国の社会と政治もゴミのレベルなのだ。

とにかく選挙を控えた町長は民意に逆らえない。翌朝、約束の謝礼をもらうために意気揚々と役場に来た男に、「全額は払えない」と町長は告げた。

「どういうことですか」

「言葉どおりです。ここに一万五千円あります。今回のあなたの仕事の対価です。衣装のクリーニング代も入っています」

町長が差し出した封筒をしばらく無言で眺めていた男は、静かに「なるほど」とつぶやいた。

「そういうことですか」

「まあ、約束をたがえることは申し訳ないけれど、でもこれが町民の総意です」

封筒は受け取らないまま、男はくるりと踵《きびす》を返すと役場を出て行った。あとの展開は多くの人が知るとおり。笛吹き男はハーメルンの街からいったんは姿を消したが、6月26日の朝に再び現れた。多くの住民が教会で礼拝に参加している時間帯だった。男は笛を手に大通りの真ん中を歩いてゆく。すると家々から子供たちが飛び出してきて、男のあとを踊りながらついていく。その数は130人と町では伝承されている。

教会に行っていない大人たちは、この様子に肝をつぶした。あわてて自分の子どもを抱きかかえる父や母もいた。でも子供たちは足をバタバタさせたり大人の腕に噛みついたり、とにかく言うことを聞かない。そんな子供たちの顔を見て、思わずぞっとして立ち尽くした大人も多い。子供たちの顔はいつもとは違っていた。目が白目ばかりだった、と言う大人がいた。瀕死のイヌのように口を開けていた、と肩をすくめる大人もいた。

やがて礼拝が終わって多くの大人が教会から出てきたとき、笛吹き男と子供たちは町の外にいた。大人たちはあわてて後を追う。笛吹き男と子供たちは町の外の小高い山の斜面にぽっかりと空いた洞窟に入ってゆく。大人たちがようやく追いついたとき、洞窟は内側から大きな岩でふさがれてしまい、二度と行き来ができなくなった。

あとに残されたのは、足が不自由で他の子供たちに遅れてしまった子供と聾唖《ろうあ》の子供二人だけだった。

ハーメルンの笛吹き男の話は、基本的にはここで終わる。

残された二人の子供の話は、数や障害の描写にかなりのばらつきがあり、こうした記述がまったくないバージョンも多数あるから、一抹の救いとして、後に加えられた可能性がある。

でもどちらにせよ、あまりに救われない話だ。

ただし事実であるならば、結末に救いがなくても仕方がない。当時のヨーロッパで大規模に行われていた東方への移民や少年十字軍などの暗喩であるなど解釈はいくつかあるが、でも町の子供たちが笛の音に誘われて後先考えずに行動したとするならば、顔はにこにこと笑っていたとしても、これもペストに怯えた多くの町民たちと同様に一種のパニックだ。

つまり「ハーメルンの笛吹き男」の話は、徹底してパニックをテーマにしている。人は不安や恐怖に弱い。集団となって大きな過ちを犯す。補足しておくが、レベッカ・ソルニットは著書である『災害ユートピア』で、「災害が起きたときにおこるパニックのイメージは、一般の人たちよりもむしろ少数のエリートがパニックになって作り上げた」

と主張している。つまりエリート集団のパニックだ。これはこれで興味深い。

これを書いている現在（2020年3月5日）、日本だけではなく世界は新型コロナウィルスで、一種のパニック状態にある。情報に対しては冷静に受け止める。集団の一部にならない。同調圧力に対しては安易に従属しない。差別に同調しない。

こうした意識を持つだけで、きっと最悪の事態を回避することはできる。だってこれまでの歴史でも人類は、もっともっと危険で恐ろしい感染症を何度も克服してきたのだから。

第10話　注文の多い料理店

二人の若い紳士が、すつかりイギリスの兵隊のかたちをして、ぴか〳〵する鉄砲をかついで、白熊のやうな犬を二疋《ひき》つれて、だいぶ山奥の、木の葉のかさ〳〵したところを、こんなことを云ひながら、あるいてをりました。

「ぜんたい、こゝらの山は怪しからんね。鳥も獣も一疋も居やがらん。なんでも構はないから、早くタンタアーンと、やつて見たいもんだなあ。」

「鹿の黄いろな横つ腹なんぞに、二三発お見舞まうしたら、ずゐぶん痛快だらうねえ。くる〳〵まはつて、それからどたつと倒れるだらうねえ。」

それはだいぶの山奥でした。案内してきた専門の鉄砲打ちも、ちよつとまごついて、どこかへ行つてしまつたくらゐの山奥でした。

それに、あんまり山が物凄いので、その白熊のやうな犬が、二疋いつしよにめまひを起して、しばらく吠《うな》つて、それから泡を吐いて死んでしまひました。

「じつにぼくは、二千四百円の損害だ」と一人の紳士が、その犬の眼ぶたを、ちよつとかへしてみて言ひました。

「ぼくは二千八百円の損害だ。」と、もひとりが、くやしさうに、あたまをまげて言ひました。

はじめの紳士は、すこし顔いろを悪くして、じつと、もひとりの紳士の、顔つきを見ながら云ひました。

「ぼくはもう戻らうとおもふ。」

「さあ、ぼくもちやうど寒くはなつたし腹は空いてきたし戻らうとおもふ。」

「そいぢや、これで切りあげよう。なあに戻りに、昨日の宿屋で、山鳥を拾円も買つて帰ればいゝ。」

「兎もでてゐたねえ。さうすれば結局おんなじこつた。では帰らうぢやないか」

ところがどうも困つたことは、どつちへ行けば戻れるのか、いつかう見当がつかなくなつてゐました。

風がどうと吹いてきて、草はざわざわ、木の葉はかさかさ、木はごとんごとんと鳴りました。


（「注文の多い料理店」『宮沢賢治全集8』、ちくま文庫）

おそらくはほとんどの人が（少なくとも）一回は読んでいる『注文の多い料理店』は、暗喩や寓意が多い賢治にしては珍しいほどにわかりやすい。描写が直接的なのだ。イヌが死んだことを知ると同時に金銭的な損害を口にする二人の紳士は、「早くタンタアーンと、やつて見たいもんだなあ」「二三発お見舞まうしたら、ずゐぶん痛快だらうねえ」などの台詞が示すように、生きものの命に対しての尊厳をまったく持ち合わせていない。しかも成金趣味。

二人はどちらも地元では有名な老舗企業の二代目経営者だ。知り合ったのは6年前、初めて参加したＪＣ（青年会議所）の会合だった。子供のころからちやほやされて育ち、学校の成績は中の下。でもお金がかかる私大に進学したときは、合格の褒美として二人とも親からイタ車を買ってもらっている。

齢も近いしイタ車好きで趣味が狩猟という共通点があって、二人は急速に仲良くなった。ただし二人は（いわゆる）悪い男ではない。脱税はしないしギャンブルにも手を出さない。それぞれ子供は二人いて愛妻家だ。思想信条の偏りもない。というか政治や社会にはあまり興味がない。新聞や本はまず読まない。活字を目にするのはスマホのネットニュースくらいだ。親が自民党支持だから、もちろん二人も、他のほとんどのJC会員と同様に自民党を支持している。この国はそれでよい。表を仕切るのは自民党で裏を仕切るのは電通。それでこれまでやってきた。現状を変えようなどというモティベーションもほとんどない。

要するに二人は凡庸なのだ。いずれ相続する相当な財産とむっちり肥満した体型を別にすれば、とても標準的な日本人、といえるのかもしれない。歩きながら一人が言った。


「どうも腹が空いた。さつきから横つ腹が痛くてたまらないんだ。」

「ぼくもさうだ。もうあんまりあるきたくないな。」

「あるきたくないよ。あゝ困つたなあ、何かたべたいなあ。」

「喰べたいもんだなあ」

二人の紳士は、ざわざわ鳴るすゝきの中で、こんなことを云ひました。

その時ふとうしろを見ますと、立派な一軒の西洋造りの家がありました。

そして玄関には

RESTAURANT
西洋料理店
WILDCAT HOUSE
山猫軒

といふ札がでてゐました。

「君、ちやうどいゝ。こゝはこれでなかなか開けてるんだ。入らうぢやないか」

「おや、こんなとこにをかしいね。しかしとにかく何か食事ができるんだらう」

「もちろんできるさ。看板にさう書いてあるぢやないか」

「はいらうぢやないか。ぼくはもう何か喰べたくて倒れさうなんだ。」

二人は玄関に立ちました。玄関は白い瀬戸の煉瓦で組んで、実に立派なもんです。

そして硝子《がらす》の開き戸がたつて、そこに金文字でかう書いてありました。

「どなたもどうかお入りください。決してご遠慮はありません」

（前掲書）

しばらくその看板を見つめてから二人は顔を見合わせた。

「こんな山の中で客が来るのだろうか」

「会員制じゃないかな」

「でも、どなたもお入りくださいって書いてある」

一人はスマホをとりだした。山猫軒を食べログで検索しようと思ったのだ。でもここは深い森の中だ。「ダメだ。圏外だよ」「まあ仕方がない。とにかく中に入ろう。Ｗｉ－Ｆｉが通じるかもしれない」


二人は戸を押して、なかへ入りました。そこはすぐ廊下になつてゐました。その硝子戸の裏側には、金文字でかうなつてゐました。

「ことに肥つたお方や若いお方は、大歓迎いたします」

二人は大歓迎といふので、もう大よろこびです。

「君、ぼくらは大歓迎にあたつてゐるのだ。」

「ぼくらは両方兼ねてるから。」

ずんずん廊下を進んで行きますと、こんどは水いろのペンキ塗りの扉《と》がありました。

「どうも変な家《うち》だ。どうしてこんなにたくさん戸があるのだらう。」

「これはロシア式だ。寒いとこや山の中はみんなかうさ。」

そして二人はその扉をあけようとしますと、上に黄いろな字でかう書いてありました。

「当軒は注文の多い料理店ですからどうかそこはご承知ください」

「なかなかはやつてるんだ。こんな山の中で。」

「それあさうだ。見たまへ、東京の大きな料理屋だつて大通りにはすくないだらう。」

（前掲書）

そんなことを言い合いながら、二人は水いろの扉を開けました。

「君は何を食べる」

「この店は洋食だよね。ハンバーグかなあ」

「それはまたずいぶん月並みだね」

「じゃあ君は何を頼むつもりなんだ」

「僕はミートソースのパスタが好きなんだ。ラザニアでもいいかな。……また何か書いてあるぞ」

言われてもう一人も扉の裏側を見つめます。

そこには

「注文はずゐぶん多いでせうがどうか一々こらへて下さい。」（前掲書）

と書かれていました。

「これはぜんたいどういふんだ。」ひとりの紳士は顔をしかめました。

「うん、これはきつと注文があまり多くて支度が手間取るけれどもごめん下さいと斯ふいふことだ。」

「さうだらう。早くどこか室《へや》の中にはひりたいもんだな。」
「そしてテーブルに座りたいもんだな。」
（前掲書）

しかし二人の前にまた扉があった。そのわきには鏡がかけられていて、その下には長い柄のついたブラシが置いてある。

さらに扉には赤い字で、

「お客さまがた、こゝで髪をきちんとして、それからはきものの泥を落してください」
（前掲書）

と書いてある。

「これはどうも尤もだ。僕もさつき玄関で、山のなかだとおもつて見くびつたんだよ。」
「作法の厳しい家だ。きつとよほど偉い人たちが、たびたび来るんだ。」

そこで二人は、きれいに髪をけづつて、靴の泥を落しました。

そしたら、どうです。ブラシを板の上に置くや否や、そいつがぼうつとかすんで無くなつて、風がどうつと室の中に入つてきました。

二人はびつくりして、互によりそつて、扉をがたんと開けて、次の室へ入つて行きました。

(前掲書)


普通ならここで、さすがにこれはおかしいと気づく。扉が多いとか注文ばかりだとか誰も出迎えないなどのレベルではなく、ブラシが目の前で忽然《こつぜん》と消えたのだ。真青になって逃げ出しても不思議はない。

でも二人はびっくりしながらも、ここで引き返そうとはしない。次の部屋に進んでしまった。

人が環境に適応する能力は高い。北極圏にも暮らしているし熱帯雨林のジャングルや砂漠でも生活できる。微生物を別にすれば、こんな生きものは他にはいない(例外的な存在として、石器時代以降の人類と共に進化して様々な品種改良を施されてきたイヌがいるが)。これほどに適応する能力が高いからこそ、人類はここまで繁栄できた。

でも「適応する能力が高い」ということは、周囲の環境に自分を合わせる「馴致《じゅんち》能力が強い」ということでもある。時としてこれが過剰に発動した場合、明らかに異常な事態を異常と感知しなくなり、平静を保つために刺激に反応しなくなる。つまり正常性バイアス。あるいは、いい湯だなと鼻歌を唄っているうちにお湯が沸騰してしまう茹でガエルのメタファー。この能力は時おり過剰に発動する。本来ならこれはおかしいとかいくらなんでもなどと思うべきなのに、そういうものなのだと自分を合わせてしまう。

こうして人は破滅する。大きな間違いを起こす。適応能力がこれほどに高くなければ、ゲシュタポや突撃隊がユダヤ人や障害者や共産主義者たちを弾圧し始めたナチス政権時代のドイツで、これはおかしいと声をあげる人がもっといてもよかったはずだ。富国強兵は百歩譲ったとしても、脱亜入欧というスローガンを人々が声高に唱え始めた明治期の日本で、我々はアジアの一部であって脱亜などありえないとあきれる人がもっと多くいてもおかしくなかったはずだ。

でも人は馴れる。適応する。合わせる。周囲に。環境に。多くの人の声に。違和感や疑問を自ら封じ込める。圧力に同調する。そして自ら封じ込めたり同調したりしたことを忘れる。こうして同じ方向に進み続ける。

次の部屋の奥にも扉がありました。それを開けてから、二人は扉の内側を覗きます。そこには、こう書かれていました。

「鉄砲と弾丸《たま》をこゝへ置いてください。」

見るとすぐ横に黒い台がありました。

「なるほど、鉄砲を持つてものを食ふといふ法はない。」

「いや、よほど偉いひとが始終来てゐるんだ。」

二人は鉄砲をはづし、帯皮を解いて、それを台の上に置きました。

（前掲書）

次の扉を開けると、

「対米従属を進めるために集団的自衛権を容認したいので帽子や外套を脱いで

ください」

とまた扉の内側に書かれている。

「集団的自衛権ってなんだっけ」

「何だったかな。まあ俺たちを守ってくれる法律だろう」

そう言い合いながら二人は帽子や外套を台の上に置いた。ふと思い出して後ろを振り返れば、扉の横に置いたはずの鉄砲と弾丸は消えている。本当ならここで、やっぱりこれは何かおかしいと思うべきだ。

でもブラシも消えたのだ。

二人は自分にそう言い聞かせる。別に問題はない。お店の指示のとおりにしておけば大丈夫。それはまさしく二人のこれまでの人生だった。親の言うとおりに、先生の言うとおりに、政府が言うとおりに、周囲の多くの人と同じように動けば、それで大きな失敗はしない。

次の扉には、

「消費税を20％にしたいのでネクタイピンやカフスボタンを台の上に置いてください」

と書かれていた。

「何だか空港の検査所みたいだ」

とのんきなことを言い合いながら二人は指示に従った。その後も注文は続き、二人はほぼ何も考えないまま、いつのまにか下着姿になっていた。

さらに進むと、今度は扉の横の台の上に壺が一つ置かれていて、その横には「壺のなかのクリームを顔や手足にすつかり塗つてください」と書かれたメモが置いてあった。

みるとたしかに壺のなかのものは牛乳のクリームでした。

「クリームをぬれといふのはどういふんだ。」

（前掲書）

「これはね、外がひじやうに寒いだらう。室のなかがあんまり暖かいとひびがきれるから、その予防なんだ。どうも奥には、よほどえらいひとがきてゐる。こんなところで、案外ぼくらは、国会議員とちかづきになるかも知れないよ。」

「花見の会に呼んでもらえるかな。」

「ならばたくさんのセレブと名刺交換できるから、親父に喜んでもらえる。」


二人は壺のクリームを、顔に塗つて手に塗つてそれから靴下をぬいで足に塗りました。それでもまだ残つてゐましたから、それは二人ともめいめいこつそり顔へ塗るふりをしながら喰べました。


それから大急ぎで扉をあけますと、その裏側には、

「クリームをよく塗りましたか、耳にもよく塗りましたか」

と書いてあつて、ちひさなクリームの壺がこゝにも置いてありました。

「さうさう、ぼくは耳には塗らなかつた。あぶなく耳にひゞを切らすとこだつた。こゝの主人はじつに用意周到だね。」

「あゝ、細かいとこまでよく気がつくよ。ところでぼくは早く何か喰べたいんだが、どうも斯うどこまでも廊下ぢや仕方ないね。」

するとすぐその前に次の戸がありました。

「料理はもうすぐできます。

十五分とお待たせはいたしません。

すぐたべられます。

早くあなたの頭に瓶の中の香水をよく振りかけてください。」

そして戸の前には金ピカの香水の瓶が置いてありました。

二人はその香水を、頭へぱちやぱちや振りかけました。

ところがその香水は、どうも酢のやうな匂《にほひ》がするのでした。

「この香水はへんに酢くさい。どうしたんだらう。」

「まちがへたんだ。下女が風邪でも引いてまちがへて入れたんだ。」

二人は扉をあけて中にはひりました。

扉の裏側には、大きな字で斯う書いてありました。

「いろいろ注文が多くてうるさかつたでせう。お気の毒でした。

もうこれだけです。

どうかからだ中に、壺の中の塩をたくさん
よくもみ込んでください。」

なるほど立派な青い瀬戸の塩壺は置いてありましたが、こんどといふこんどは二人ともぎよつとしてお互にクリームをたくさん塗つた顔を見合せました。

「どうもをかしいぜ。」

「ぼくもをかしいとおもふ。」

「沢山の注文といふのは、向ふがこつちへ注文してるんだよ。」

「だからさ、西洋料理店といふのは、ぼくの考へるところでは、西洋料理を、来た人にたべさせるのではなくて、来た人を西洋料理にして、食べてやる家《うち》とかいふことなんだ。これは、その、つ、つ、つ、つまり、ぼ、ぼ、ぼくらが……。」がたがたがたがた、ふるへだしてもうものが言へませんでした。

(前掲書)

「お、お、思いだした」

震えながらもう一人がやっとの思いで言いました。

「小学生のころ、主権在民という言葉を教えられた。民主国家の主権者は国民なんだ。でもいつのまにか国民は、政治的な判断をすっかり政治家に明け渡してしまっている」

「だって僕たちは毎日忙しい」

「選挙くらいは行くべきだった」

「新聞も読んでおけばよかった」


「遁《に》げ……。」がたがたしながら一人の紳士はうしろの戸を押さうとしましたが、どうです、戸はもう一分《いちぶ》も動きませんでした。

奥の方にはまだ一枚扉があつて、（中略）かぎ穴からはきよろきよろ二つの青い眼《め》玉《だま》がこつちをのぞいてゐます。

「うわあ。」がたがたがたがた。

「うわあ。」がたがたがたがた。

ふたりは泣き出しました。

すると戸の中では、こそこそこんなことを云つてゐます。

「だめだよ。もう気がついたよ。塩をもみこまないやうだよ。」

「あたりまへさ。親分の書きやうがまづいんだ。あすこへ、いろいろ注文が多くてうるさかつたでせう、お気の毒でしたなんて、間抜けたことを書いたもんだ。」(前掲書)

「その親分はどこにいった」と子分が言いました。

「どつちでもいゝよ。どうせぼくら下っ端には、骨も分けて呉やしないんだ。」

「それはさうだ。けれどももしこゝへあいつらがはひつて来なかつたら、それはぼくらの責任だぜ。またしっぽ切りされる」

「呼ばうか、呼ばう。おい、国民のお客さん方、早くいらつしやい。いらつしやい。いらつしやい。お皿も洗つてありますし、菜つ葉ももうよく塩でもんでおきました。あとはあなたがたと、菜つ葉をうまくとりあはせて、まつ白なお皿にのせる丈けです。はやくいらつしやい。」

「へい、いらつしやい、いらつしやい。それともサラドはお嫌ひですか。そんならこれから火を起してフライにしてあげませうか。オリンピックはもうすぐです。安心・安全を目指します。我々の言うとおりにすればいいのです。とにかくはやくいらつしやい。」

二人はあんまり心を痛めたために、顔がまるでくしやくしやの紙屑のやうになり、お互にその顔を見合せ、ぶるぶるふるへ、声もなく泣きました。

（中略）

そのときうしろからいきなり、

「わん、わん、ぐわあ。」といふ声がして、あの白熊のやうな犬が二疋、扉をつきやぶつて室の中に飛び込んできました。鍵穴の眼玉はたちまちなくなり、犬どもはううとうなつてしばらく室の中をくるくる廻つてゐましたが、また一声「わん。」と高く吠えて、いきなり次の扉に飛びつきました。戸はがたりとひらき、犬どもは吸ひ込まれるやうに飛んで行きました。

その扉の向ふのまつくらやみのなかで、

「にやあお。くわあ、ごろごろ。」といふ声がして、それからがさがさ鳴りました。室はけむりのやうに消え、二人は寒さにぶるぶるふるへて、草の中に立つてゐました。

見ると、上着や靴や財布やネクタイピンは、あつちの枝にぶらさがつたり、こつちの根もとにちらばつたりしてゐます。風がどうと吹いてきて、草はざわざわ、木の葉はかさかさ、木はごとんごとんと鳴りました。

（前掲書）

犬がふうとうなって二人のところに戻ってきました。彼らはまさに、権力を監視するメディア（ウオッチドッグ）だったのです。死んだふりをしていたけれど、どうやら自分たちの使命を最後に思いだしたようでした。

二人は犬を連れて泣きながら東京に帰りました。

しかし、さつき一ぺん紙くづのやうになつた二人の顔だけは、東京に帰つても、お湯にはひつても、もうもとのとほりになほりませんでした。

（前掲書）

これが歴史です。
しっかり直視しなくては。二人は毎朝鏡を見るたびにそう思います。

第11話　不思議の国のアリス

アリスとグリフォンが到着すると、ハートの王様と女王が玉座についていて、そのまわりに大群衆が集まっていました。トランプのカードのひとそろいのほか、あらゆる種類の小鳥とけものたちです。ハートのジャックが鎖でしばられ、二人の兵士にはさまれて立っています。王様のそばにはシロウサギが片手にラッパ、片手に巻き物を持って、ひかえていました。

〈『不思議の国のアリス』〈新装版〉ルイス・キャロル著、高橋康也／高橋迪訳、新書館〉

こうして不思議の国の裁判が始まった。これには伏線があった。この少し前にアリスは、三月ウサギと帽子屋とネムリネズミのティーパーティーに呼ばれていたが、三人の会話の意味不明さと無礼さに我慢できなくなって席を立ち、噴水のある庭に行って女王たち一行に遭遇している。

女王から「おまえは誰じゃ」と言われたアリスは、とても丁寧に自分の名前を伝えた。だって相手は女王なのだ。でも内心は「ただのトランプのカードのくせに」と思っていたので、さらに女王がアリスの隣にいた三人の庭師を示しながら「その者たちはだれじゃ?」と訊いたとき、思わず「わたしにわかるわけないでしょ! わたし関係ないんですもの!」と答えている。

当然ながら女王は怒る。「これの首をはねよ!」と得意のフレーズを口走るが、王様に「まあまあおまえ、ほんの小さな子供なんだから」などとなだめられる。その腹いせなのか女王は三人の庭師の首をはねることを命じ、それからアリスをクロッケーに誘う。

子供のころに初めてこの童話を読んだとき、アリスや女王の感情の起伏の激しさに圧倒されながらも、クロッケーって何だろう、と僕は考えた。そんなスポーツがあるとは知らなかった。実は今もよく知らない。ネットで調べたら、ゲートボールの原型との記述があった。でもアリスはこの競技に馴染めない。だってボールは生きたハリネズミでスティックはフラミンゴなのだ。しかも競技の前にシロウサギから、知り合いになったばかりの公爵夫人が女王から死刑宣告を受けたと聞いて動揺する。

その後にウミガメモドキとグリフォンとわけのわからない会話をした後に、裁判が始まった。

裁判長は王様で、法廷には12人の陪審員がいた。イギリスの裁判はアメリカと同様に陪審員制度だ。

まずはシロウサギが起訴状を読みあげた。

ハートの女王がパイ作った
夏のある日のことだった
ハートのジャックがそのパイを
そっくり盗んで知らん顔

（前掲書）

読みあげが終わると同時に裁判長（王様）は陪審員に向かって「評決にとりかかれ」と命じるが、シロウサギがあわてて「まだです、まだです！」とこれを制止する。証人が呼ばれる。帽子屋と公爵夫人の料理人。でもやっぱり、何を言っているかわからない。例えば王様は料理人に「パイは何でできておるのか」と訊ね、料理人は「胡椒ですだ、大体のところ」と答える。後ろで傍聴していたネムリネズミが「糖蜜だよ」と寝ぼけながら言い、女王が「そのネムリネズミの首をはねよ！　法廷からつまみ出せ！　鎮圧せよ！ ひげをちょん切れ！」と絶叫する。

三人目の証人として、傍聴席に座っていたアリスがいきなり指名される。でもこのときアリスはむくむくと巨大化していたので、立ち上がると同時にスカートの裾で陪審員たちの席をひっくり返して大騒ぎになってしまう。

とにかく結果を急ごうとする王と王女に、シロウサギが新たな証拠を提示する。被告人が書いた手紙だ。しかし筆跡は被告人とは違う。それに対して王様は「だれかほかの人間の筆跡をまねしたにちがいない」と断定する。被告人であるジャックが、「私はそれを書いておりません。署名すらないではございませんか」と訴えれば、王様はこう答える。

「ことはいっそうおまえに不利になるだけじゃ。つまり、なにかよからぬたくらみごとがあったからこそ、署名しなかったんじゃろう。さもなければ、正直者らしく自分の名前をちゃんと書いたであろうからな」

これを聞いて、法廷じゅうから拍手が起こりました。この裁判の開始以来、王様はいまはじめて賢明な発言をしたからです。

「それで有罪ときまったわ」と女王が言いました。「さあ、首を――」

「そんなの、なんの証拠にもなりはしないわ！」叫んだのはアリスです。

（中略）

「陪審員は評決にかかれ」王様のこの発言は、この日、もう二十回目くらいになるかもしれませんね。

「だめだわ！」と女王がさえぎりました。「判決がさきよ。評決はあとから」

「ばかばかしい！　ナンセンスよ！」アリスは声をはりあげました。「判決がさきだなんて、まったく！」

「おだまり！」女王は顔をまっかにしていいました。

「いやよ！」アリスはいいかえしました。

「このチビの首をちょん切れ！」女王がかな切り声でわめきました。


（前掲書）

「何が何でも死刑にしたいのね」

アリスが言いました。

「署名がない理由は、自分が書いたことを隠そうとしたからだと決めつける。むちゃくちゃね。この手紙を被告人が書いたかどうかを議論しなくてはいけないのに、いつのまにか被告人が書いたことが前提になっている。明らかに論理矛盾。でもこれは不思議の国だけの話ではないわ。今の日本の検察の取り調べもこんな感じ。だから冤罪は今も後を絶たない。２０１０年に大阪地検特捜部主任検事が厚労省の職員が被告人となった裁判で証拠物件のフロッピーディスクを改ざんした事件は記憶に新しいけれど、あれは間違いなく氷山の一角よ」

「おまえはいったい何をぶつぶつ言っているんじゃ」と王様が言いました。

「頭がおかしくなったようね」と女王が言いました。

「これでは法廷の意味はないわ」とアリスは二人に言いました。

「意味は十分じゃ」と王様が言いました。

「なぜなら法廷は、被告人を死刑にするかどうかを決める場所じゃからな」

「違うわ」とアリスは言いました。

「確かに刑罰の量を決めることは法廷の重要な機能だけど、それを決めるためには事件について、あるいは動機について、被告人の精神状態について、検察の主張がどれほどに合理的なのか、つまり立証責任を果たしているかどうかについてなど、いろんなことが解明される場でもあるのよ」

「その必要はない」と女王が言いました。

「被告人は最後に何か言いたいことはあるか」

王様にそう言われて、被告人のハートのジャックは「あります」と答えました。

「申してみよ」

「ヤクザはお祭りやラブホテル、タピオカ、芸能界など様々な仕事をしています。ヤクザは気合の入った実業家なので罪を重くすれば犯罪ができなくなります。しかし、捕まるのは下っ端なので、司法取引で終身刑にします。刑務所の中で幸せを追求できれば問題ないし、その方が生産性も上がるのではないでしょうか」

「最終陳述なのに何言っているの」とアリスが言いました。「まったく意味不明」

困ったように首をかしげながら、「相模原事件で死刑判決が確定した植松聖の最終陳述を、そのままコピペしました」とハートのジャックがアリスに言いました。「同じ被告人の私が言うことではないけれど、あらためて読めば、正常な意識状態ではないと判断されるべきだと私も思います」

「ならば精神鑑定をすべきよ」と首をかしげるアリスに、「もうやりました」とシロウサギが答えます。「被告人は精神ではなく人格の障害です。責任能力に問題はありません」

「世間が注目する事件であればあるほど、精神鑑定の結果はほぼ必ずのように、人格障害とか自己愛性パーソナリティ障害ね」

「だって精神障害と診断したら死刑にできなくなります」とシロウサギが小声で言いました。「刑法39条。心神喪失者の行為は罰しない。心神耗弱者の場合は刑を減軽する。それでは死刑にできなくなります。だから責任能力が認定される人格障害かパーソナリティ障害にする。これは今の日本の刑事司法の常識です」

「そんなの絶対におかしいわ」とアリスが言ったとき、「早く首をはねよ！」と女王が叫びました。

「なぜそんなに急ぐのよ」

「世間が望んでいる」

「相模原事件の初公判は1月8日で結審は2月19日。ほぼ40日しかない。これで終わり。昔は何年もかけたのに」

「あまり長いと陪審員たちに負担をかけるから、公判前整理手続きでほぼ決めてしまうのです」とシロウサギが（やっぱり小声で）言いました。

「そんなの本末転倒よ！」

「もう決まったことじゃ」と王様が言いました。「日本の裁判は、特に凶悪事件など社会が注目すればするほど、結論を先に決めて審理をそれに合わせるのじゃ」

「その結果として、動機や事件が理解できなくなるのよ」とアリスが言いました。「そしてメディアは闇という言葉を使う。それは相模原事件だけではないわ」

ハートのジャックがうなずきます。「レバノンに逃亡したカルロス・ゴーン被告は、推定無罪原則が機能していない日本の司法は中世のようだと言いました」

「おまえが言うかとは思うけれど、でもこの指摘については私も同感です」とウサギが言いました。

「こやつらの首をぜんぶはねよ！」たまりかねたように女王が叫びます。

「やれるもんならやってみなさいよ」とアリスは女王の顔を睨みつけながら言いました。

「怖くないわよ。あなたたちなんてただのカードじゃない！」

アリスがそう叫んだ直後、トランプの兵士たちはのこらず空に舞いあがり、アリスの上に、降りかかってきました。


気がつくと、アリスは土手の上で、お姉さんのひざに頭をのせて横になっていました。お姉さんは、木の枝からアリスの顔の上にひらひらと散りかかる枯葉をやさしくはらいのけていました。

「起きなさい、アリス！　なんて長いお昼寝でしょうね！」

「あのね、わたしね、それはそれはおかしな夢を見ていたの！」

そういってアリスは、思い出せるかぎりくわしく、お姉さんに話してきかせました
――いままであなたが読んできた不思議な冒険談を。


（前掲書）

第12話　イザナギとイザナミ

最初に現れたアメノミナカヌシノカミ（天之御中主神）に続き、タカミムスビノカミ（高御産巣日神）とカミムスビノカミ（神産巣日神）も誕生した。こうして三柱の神がそろい、その後も多くの神が現れ、最後にイザナギノミコト（伊耶那岐命）とイザナミノミコト（伊耶那美命）が誕生した。

先に生まれた神たち（天津神《あまつかみ》）に、下界の海にふわふわと泡のように漂う国を完成させろと命じられたイザナギとイザナミは、神々から授かった矛を海に入れてかき回してから引き上げた。矛の先から滴り落ちた海水が小さな島になった。オノゴロ（淤能碁呂）島だ。つまりこれが二人のベースキャンプ。

島に降りた二人は、大きな柱（天の御柱）を立てて、次に住居（八尋殿）を作り、そこで生活を始めた。

是に其の妹 伊耶那美命に問ひたまひしく、「汝が身は、如何に成れる。」と問ひたまへば、

（『古事記』原漢文の訓読文）

やがてイザナギがイザナミに訊ねる。「あなたの身体はどのようになっていますか？」

この唐突な質問に対してしばらく沈黙してからイザナミは、「……どういう意味ですか」と低くつぶやく。イザナギはあわてる。

「いやいや、意味というか何というか」

「その質問は完全にハラスメントです。まあ他に誰もいないし、今回だけは見逃します。私の身体は、すっかり美しく出来上がっていますが、一カ所だけ欠けているところがあります」

そう答えられて、イザナギはすっかり嬉しくなった。

「私の身体もよく出来上がっていますが、一カ所だけ余っているところがあります」

得意げに言うイザナギの顔をしばらく見つめてから、イザナミは静かに首をひねる。

「うーん」

「な、な、なんだよ」とイザナギは言った。おどおどしている。わかりやすい男だわと思いながらイザナミは、「セクハラぎりぎりよ」とつぶやいた。

「だ、だって、先に言ったのは僕じゃない」

「まあそうだけど」

「提案します」とイザナギは思いきって言った。だってこのままでは話が進まない。「私の身体の余ったところを、あなたの身体の欠けたところに入れてもいいですか」


爾《ここ》に伊耶那岐命詔《の》りたまひしく、「我が身は成り成りて成り余れる処一処在り。故《かれ》此の吾が身の成り余れる処を以て、汝が身の成り合はぬ処に刺し塞ぎて、国土生み成さむと以為《おも》ふ。生むは奈何《いかん》」とのりたまへば、（前掲書）

「……ねえ、それで婉曲に言っているつもりなのかしら」

「だってさあ」

「これほどストレートな口説き文句は初めて聞きました」

「……君には僕以外に付き合っていた人が過去にいたのか。それこそ初めて聞いた」

「何のため」

「はい？」

「何のために余ったところを欠けたところに入れるの？」

「だから、国を生むためだよ」

「それで国ができるの？」

「神々からはそう聞いた」

　腕組みをしてイザナミはしばらく沈黙した。その顔を見つめながら、自分は少し急ぎすぎたのだろうかとイザナギは考えた。そういえば先輩の神であるオオトノヂノカミ（意富斗能地神）からも、女性を敬う気持ちが何よりも大切だからな、とオノゴロ島に降りてくる前に耳打ちされていた。敬うってなんだ。敬語を使えばいいのか。それともエルメスのポーチとかヴィトンのバッグをプレゼントしておくべきだったのか。

　しばらく考えてから、「いいわ」とイザナミは言った。

「いいの？」と思わず言ってから、「ですか？」とイザナギは付け足した。

「だってこのままじゃ話が進まないよね。まあいろいろ言いたいけれど、基本的には了解。寝室に行く？」

「その前に儀式があります」

「何よ」

「この天の御柱を互いに反対方向に半周だけ回って出会い、そこで言葉を交わすのです」

「それも神々からの指示？」

「そうです」

「ねえ、その表面的な敬語はやめてちょうだい。バカみたい」

「そうですか」

「やめろ！」

「わかった」

「じゃあ回るわよ」

「僕は左から回る」

「私は右ね」

天の御柱を二人は半周ずつ回る。下界には二人だけ。降りてきてからはずっと一緒だった。数秒ではあったけれど、二人にとっては初めての別の時間。だからだろう。イザナギの顔を見て、イザナミは思わず言った。

「あらためて見ると、けっこうかわいい顔をしているわね」

その思いはイザナギも同じだった。だからあわてて「イザナミもきれいだよ」と言った。

「お世辞はいいわよ」

「お世辞じゃないよ」

それからイザナギは、自分の身体の余ったところをイザナミの身体の欠けたところに入れた。こうしてイザナミは受胎する。しかし最初に生まれたヒルコ（水蛭子）は二人に気に入ってもらえずに、葦船に入れられて海に流されてしまう。次に生まれたアハシマ（淡島）も同じような扱いだったようだ。

ちなみに何が気に入らなかったのか。古事記にはイザナギとイザナミの言葉として「わが生める子良くあらず」とあるのみなので、具体的にはわからない。日本書紀では、最初に生まれたのはアハシマであり、次に生まれたヒルコは三歳になっても脚が立たなかったため、アマノイハクスブネ（天磐櫲樟船）に乗せて流した、と記述されている。ちなみにヒルコとアハシマが流れ着いたとされる伝説・伝承は日本各地にあり、それぞれ蛭子神、淡島神として、多くの神社で祀られている。

思うような子供ができないことに悩んだイザナギは、天津神《あまつかみ》に相談しようと提案する。気乗りはしないが、イザナミにも他に良い方法は思いつかない。

鹿の骨を焼いて占った天津神たちは、「柱を回ってから、先にイザナミが声をかけたな」と言った。「だからこういうことになった。先に声をかけるべきなのは男のほうである」

そのお告げを聞いたイザナミは、ゆっくりと立ち上がって膝のほこりを払ってから、「ここでお終い！」と大きな声で言った。横に座っていたイザナギが、「お終いって何が？」と不安そうに訊く。

「言葉どおりよ。もう終わり。限界よ。いい加減にしてほしいわ」

鹿の骨を手にしたまま、「いい加減ってなんのことだ」「その態度は何だ」「女のくせに」などと口々に天津神たちが言った。

「ならばお聞きします。なぜ私から先に声をかけてはいけないのよ」

「女だからだ」

「女は声をかけちゃいけないの」

「女は話が長くなる」

「そんなの個人差よ。現に長くしゃべってなんかいないわ」

「少しわきまえなさい」

「何をわきまえるのよ。だいたいわきまえるってどういうこと？　セットで使われる言葉は身の程よ。身の程ってなに？　その言葉が出てくること自体、女は男より下という前提があるのよ。自分の内なる差別性に、なぜあなたたちは気づかないの。こうした神話があるからこそ、この国の男たちは勘違いし続けたのよ。神道政治連盟国会議員懇談会は知っている？」

　イザナミにそう質問されて、天津神たちは顔を見合わせる。

「聞いたことはある」

「私たちは日本古来の信仰である神道の神よ。そしてその神道を基盤にする神社本庁の関係団体が神道政治連盟で、その理念に賛同する国会議員たちが作ったのが神道政治連盟国会議員懇談会よ」

「ややこしいな」

「ちなみに極右集団と言われる日本会議とも関係が深い神道政治連盟は、改憲とか天皇男系維持とか東京裁判否定などのイデオロギーを掲げる団体よ。懇談会の現在の会長は、首相の責任を二回も放り出した安倍晋三議員。２０２０年12月22日時点で所属している議員数はおよそ３００人。数人だけ無所属はいるけれど、あとは全部自民党。今の菅首相だってメンバーよ」

「……今は古代なんだけどな。時代設定がめちゃくちゃだ」

「女人禁制って何？　なぜ女性は大相撲の土俵に上がってはいけないの」

「……穢れているからだ」

「ならば訊くけれど、高天原《たかまがはら》を統《す》べる主宰神であるアマテラスは女性よ」

「君たちが彼女を産むのはまだ先だ」

「うるさい！」

怒り狂ったイザナミは、一人でオノゴロ島に帰ってしまった。残されたイザナギはおろおろするばかり。実はイザナミがそばにいないと一人では何もできないタイプなのだ。泣きながら島へと戻ったイザナギは必死にイザナミの御機嫌をとった。

「僕もねえ、天津神たちの内なる差別性にはうんざりしていたんだ」

「よく言うわ」

「本当だよ」

「東京五輪・パラリンピック大会組織委員会の森喜朗前会長が首相時代の2000年5月15日、神道政治連盟国会議員懇談会の冒頭のあいさつで、『日本の国、まさに天皇を中心としている神の国であるぞということを国民の皆さんにしっかりと承知していただく』と発言したのよ。ここに国民主権という意識は欠片もない。まさしく戦前回帰。言っていることはずっと同じ。典型的なパターナリズム。

これは森会長だけではなく、自民党の体質そのものよ。だから彼らは選択的夫婦別姓に反対する。女性天皇も認めないし家長制度を支持する。でもね、その自民党をもう半世紀以上、この国の人たちは支持しているわけで、その意味では、やっぱり日本の体質そのものともいえるわね」

「でもさ、古事記だけではなくギリシャ神話でも北欧神話でも、あるいは旧約聖書やコーランにも、ジェンダー的にはどうかと思う記述はけっこうあるよ」

「確かに男尊女卑的な思想は、かつては世界中にあったわ。でも近代化とはそうした差別性に気づくこと。気づいてシステムと意識を変えること」

「とにかく女性蔑視の気持ちは毛頭ない」

「差別問題の本質をあなたはわかっていない。自覚して差別する人は論外として、この問題の本質は、差別が多くの人の意識の内側にシステム化されていること。そういう人は差別する気持ちなど毛頭ないと本気で言いながら、構造的な差別に自分が加担していることをわかっていない」

「……会長を女性にすればいいよね」

「それでは反転しているだけで軸は同じ。世界各国の男女平等の度合いを指数化したジェンダー・ギャップ指数の最新版によれば、調査対象156カ国中、日本は120位よ。中国や韓国よりも下。ルワンダやエチオピアやウガンダははるかに上。G7では最下位。まずはこの現実を知るべきよ」

「まったく同意見だ。とにかくもう一回柱を回ろう。次は僕から先に声をかける」

「まったく何もわかってない」

「だってそうしないと子供ができないよ」


半分べそをかいたイザナギを見つめながら、なんと不完全な生きものなのだろうとイザナミは嘆息した。依存性は強くて一人では何もできないくせに、権力欲と自己顕示欲だけはたっぷりある。妬みや嫉《そね》みは強いし論理性は薄いから、すぐにパニックになって弱いものに対して暴力をふるう。

……これも逆ジェンダーかしら、とイザナミはふと思う。「女は劣っている」は間違いだけど、「女は優れている」も正しくない。性別や民族や言語や宗教の違いよりも、一人ひとりの個の違いのほうが圧倒的に大きいはずだ。まあ仕方がない。今は神話に合わせよう。


こうして二人はもう一度天の御柱を回り、イザナギが先に「なんてきれいな女性なのだろう」と声をかけ、ふてくされながらイザナミが「あなたも素敵な男性ね」と棒読みで答え、二人は交わってまずは淡路島を生み、四国や九州や沖ノ島や本州を生み、日本の原型ができあがった。

イザナミはそれからも（アマテラスも含めて）多くの神を生むのだが、火の神を生んだことで大火傷を負って死んで黄泉の国へ行ってしまう。八つ当たりで火の神を殺してから、恋しさを我慢できずにイザナギは泣きながら黄泉の国へ向かう。しかし穢れたイザナミを見てパニックになって地上へと逃げ帰ろうとして、追いかけてきたイザナミにおまえなんかもう離縁だ！　と叫ぶ。

……書きながらつくづく思うけれど、イザナギはあまりに身勝手で未成熟で軽薄すぎる。イザナミが怒ることは当然だ。古事記に記された日本初の夫婦は、実は日本で初めて離婚した夫婦でもあるのだけど、その話はまた別の機会にしよう。

第13話　アリとキリギリス

目を覚ましてから、キリギリスはくしゃみをひとつした。洟《はな》をすすりながら考える。いつのまにか夏は終わりかけている。朝夕は少し肌寒い。本当はもう少しベッドで寝ていたい。でもそうもゆかない。これからもっと寒くなるはずだ。この程度でサボっていたら、この先に何もできなくなる。

ベッドから起き上がったキリギリスは、顔を洗って歯を磨いてから、サイフォンで熱いコーヒーを淹れる。朝のコーヒーのおいしさを教えてくれたのは、仕事帰りに立ち寄ったコンビニでよく出会うコガネムシだ。朝のスムージーは健康的よ、と教えてくれたのは近所に住むアゲハチョウ。寒くなったら掛布団の枚数を増やすのではなく敷布団を増やしたほうが暖かいよと教えてくれたのは、地域の消防団で一緒になったクマバチだ。

コーヒーカップを口に運びながら、みんな親切だなあ、とキリギリスはつぶやいた。

ただしそこには理由がある。

彼らは肉食性昆虫ではない。もしもオオカマキリやスズメバチやオニヤンマだとしたら、こうしたコミュニケーションをとることは難しい。

コーヒーカップをテーブルの上に置いてからキリギリスは冷蔵庫の扉を開けたが、野菜室には小さくしなびたレタスとリンゴが一個しかない。これではスムージーは無理だ。リンゴをかじりながら、今日は仕事帰りにスーパーに寄らなくては、とキリギリスは考える。倹約しなくてはならないけれど、主食である野菜だけは欠かすわけにはゆかない。

ここで少しばかり学術的だけど余計な補足。

バッタ目キリギリス科に分類されるキリギリスの仲間は決して草食（ベジタリアン）オンリーではなく、小さな虫もかなり捕食する。いわば雑食だ。子供のころから虫を見るとつい触りたくなる質《たち》なので、これまでの生涯で何度か噛まれたことがある。とにかく痛い。オニヤンマに噛まれたこともあるけれど、キリギリスに噛まれたときの痛さはその比ではなかったような気がする。ノコギリクワガタの♀に匹敵する痛さだ。噛まれるとはまったく思っていなかったので衝撃が大きかったのかもしれないが、僕の記憶ではキリギリスはかなり危険な虫だ。

補足というか疑問もある。

「アリとキリギリス」はイソップ寓話の中でも一二を争うほどにポピュラーだから、ほとんどの人は子供時代に読んでいると思う。挿絵としては、せっせと働くアリたちの横でバイオリンを手に気持ちよさそうに歌うキリギリスのイラストが定番だ。

でもキリギリスは決して鳴く虫の代表ではない。鳴くことは鳴くけれど、ギースとかガチャガチャとか決して美しくはない音色だし、そもそも頻繁に鳴き続けているわけでもない。でもなぜか働きもののアリに対比する存在として、歌ってばかりのキリギリスが配置されている。キャラに無理があるのだ。その理由は何か。

……とここまで書いたところで、キリギリスがバイオリンを手に家を出た。

いつも定時に家を出る。几帳面な性格なのだろう。今日はなんだか急いでいる。駆け足だ。追わなくては。キャラに無理があるキリギリスが起用された理由については、ちょっとお預け。あとで書きます。今はとにかくキリギリスに密着しよう。

キリギリスはいろんな場所に出かける。メインはお祭りやフェスの会場だが、そうした予定がない日は、働く虫たちの傍で応援歌を歌う。今日はお祭り会場だ。

前座のエンマコオロギやマツムシのあとに、キリギリスはメインでステージに登場した。演奏はとにかく盛りあがった。何度もアンコール。最後はエンマコオロギやスズムシたちも登場して、全員で「We Are The World」を唄った。キリギリスはブルース・スプリングスティーンのパートだ。観客たちは大喜び。ステージ終了後にハナムグリやカミキリムシから花の蜜のカクテルを飲みに行こうぜと誘われたけれど、キリギリスは丁重に誘いを断った。夜は家でバイオリンの練習をするからだ。几帳面なだけではなく、こう見えてかなりストイックなのだ。こうしてキリギリスの一日が終わる。とにかく音楽漬けの日々だ。

やがて夏が終わって秋になった。

収穫を祝う祭りが全国各地で開催されるので、キリギリスはますます多忙になった。キリギリスにとって最も大きなクライアントはアリの一族だ。とにかく数が多いので、アリたちが主催する祭りやフェスの規模は圧倒的に大きい。呼ばれるたびにキリギリスは、腕が痛くなるほどにバイオリンを演奏し、咽喉《のど》がかれるほどに歌い続けた。

でもこの年はいつもと少し違った。原因不明の感染症が蔓延して、虫たちの多くは自粛生活を強いられたのだ。もちろん完全に自粛などしていたら飢えて死んでしまう。アリたちはマスクをしてせっせと餌を探す。夜の飲み会も時短要請だ。息抜きができない。イライラがたまる。虫たちの小競り合いが多くなる。

こんな状況だからこそ音楽は大切だ。キリギリスはそう思っている。信じている。音楽はいつ始まったのか。それは誰にもわからないが、おそらくは人類の進化とともにあったはずだ。今のところ確実に楽器と見なされる最古の骨の笛は、約４０００年前の地層から発掘されている。ホモサピエンスが歴史に登場したころで、ネアンデルタールもまだいた時期だ。

でもキリギリスは、楽器が誕生するもっと前から歌は存在していたはずだと思っている。つらいときや苦しいとき、めでたいときや祈りをささげるとき、きっと人は歌ったはずだ。みんなでリズムをとったはずだ。笑ったり泣いたりしたいとき、誰かを祝うときや弔うとき、怒ったり絶望したときも、音楽はずっと、人々の喜怒哀楽とともにあったはずだ。

そう信じているからこそキリギリスは、行軍するアリたちのすぐ横で、手にしたバイオリンでマーチ風の音楽を奏で、マスクを着用しながら応援歌を唄った。

やがて秋が深まり、冬がやってきた。アリたちは毎年恒例の巣ごもりを始める。今年は例年に比べれば食料の備蓄は少ないが、感染症でかなりの個体数が減ったことも事実で、その意味では（悲しいけれど）バランスはとれていた。

その日の朝、キリギリスはなかなかベッドから起き上がることができなかった。冷蔵庫の中は何日も前から空っぽだ。つまりここ数日食べていない。でも仕事に行かなければ。顔を洗ってコーヒーを飲んで身支度を整えてから、玄関の扉を開けてキリギリスは呆然と立ち尽くした。外は一夜にして一面の雪景色へと変わっていた。虫たちの姿はほとんどない。これでは自分の出番がない。働く場所がない。

なぜキャラに無理があるキリギリスがこの話に起用されたのか。これについて考えるためには、作者とされているアイソーポス（イソップ）が、どこで生涯を送ったかを知らなくてはいけない。

アナトリア半島のどこかで生まれたらしいアイソーポスは、奴隷としてギリシャに連れてこられてデルポイで死んだとされている。つまりヨーロッパの南。あるいは地中海沿岸。そしてアイソーポスが残したオリジナルに登場する虫は、キリギリスではなくセミだったとの説がある。確かにセミならば、夏のあいだずっと歌い続けていたという設定は腑に落ちる。

ならばなぜセミがキリギリスに変わったのか。

地中海沿岸やギリシャ南部でセミはポピュラーな存在だったが、ヨーロッパ北部にはほとんど生息していない。だからオリジナルが翻訳されながら伝播《でんぱ》される過程で、馴染みがあるキリギリスに改変されたらしい。日本に入ってきたのはその改変版なのだ。

ただしセミであるならば、その寿命は夏の終わりには尽きているはずだ。幼虫は何年も土中で過ごすが、成虫の時間はとても短い。ならばキリギリスはどうか。やはり基本的には冬の前に死ぬが、クビキリギスは成虫越冬することで知られている。だからこのキリギリスをクビキリギスとするならば、とりあえず物語の整合性を保つことはできる。

越冬準備に忙しいアリたちの扉を誰かが弱々しくノックした。門番のアリが音に気づき、扉を開ける。すっかり傷んだバイオリンを手に、クビキリギスが震えながら立っている。

「音楽のご用はありませんか」

クビキリギスは小さな声で言った。

「間に合っているわ」と門番のアリが言った。

「長い冬の夜、ひとときの音楽もいいですよ」

「Ｗｉ－Ｆｉを導入したから、みんな配信で映画を観たりＹｏｕＴｕｂｅを楽しんだりしているのよ」

「そうですか」と弱々しく言ってから、クビキリギスは「食べるものを何か分けてもらえないでしょうか」と言った。


実はこの物語、エンディングは３つある。

①
「バカ言わないでよ」とアリは言った。「他人に分ける余裕なんかないわよ」

「ほんの少しでいいんです」とクビキリギスは言う。

「夏のあいだ、私たちは必死に食料を探し続けていたけれど、あなたは何をやっていたの」

「私はバイオリンを奏でたり歌ったりしていました」

「ならば今もそうすれば」

そう言ってアリは扉を閉めました。

②
「バカ言わないでよ」とアリは言った。「他人に分ける余裕なんかないわよ」

「ほんの少しでいいんです」とクビキリギスは言う。

「夏のあいだ、私たちは必死に食料を探し続けていたけれど、あなたは何をやっていたの」

「私はバイオリンを奏でたり歌ったりしていました」

そう言ってからクビキリギスは、「とても反省しています」とつぶやいた。「音楽など誰の役にも立たない。私は思い違いをしていました」

「これからは地道に働く？」

そう訊かれてクビキリギスは、「もちろんです」とうなずく。

「信じられるかしら。証拠は？」

「これです」

そう言うと同時にクビキリギスは、持っていたバイオリンを床にたたきつけて粉々に砕きました。「楽器などこれからはもう触りません」

「ならばこの冬だけは食料を分けてあげましょう」

こうして反省したクビキリギスは、翌年の春には立派な労働者になりました。

③

「バカ言わないでよ」とアリは言った。「他人に分ける余裕なんかないわよ」

「ほんの少しでいいんです」とクビキリギスは言う。

「夏のあいだ、私たちは必死に食料を探し続けていたけれど、あなたは何をやっていたの」

「私はバイオリンを奏でたり歌ったりしていました」

「ならば今もそうすれば」

そう言ってアリが扉を閉めようとしたとき、「隣の巣からはたくさん支援してもらいました」とクビキリギスは言った。もちろんこれは嘘だ。でも閉まりかけた扉が少しだけ開く。

「それは本当なの？」

「本当です」

「ちょっと待っていなさい」

そう言って門番のアリは他のアリたちに相談する。なぜならアリは集団で生きる生きものだ。単独では生きられない。だから同調圧力がとても強い。他のアリたちと同じように行動しようとする。彼らにとっていちばん怖いのは、アリの地域共同体から取り残されることとなのだ。

相談の結果、アリたちはクビキリギスに荷車いっぱいの食料を与えた。こうしてクビキリギスの冷蔵庫はとりあえず一杯になった。数週間で尽きるけれど、次は別の巣を訪ねればよい。こうして冬を越すことができたクビキリギスは、次の年の夏もバイオリンを奏で、歌うことができました。だってそれが彼の仕事であり、生きる意味なのだから。

そもそものオリジナルは①らしい。だからヨーロッパなどではこのエンディングが多い。②は日本で多くみられる。僕も子供のころに読んだときは、このエンディングだったはずだ（さすがにバイオリンは壊さないが）。

そして③はオリジナル。

言わずもがなだけど、どれを選ぶかはあなたの自由。

とっぴんぱらりのぷう。

第14話　オオカミと七匹の子ヤギ

むかしむかし、あるところに、優しいお母さんヤギと、七匹の子ヤギたちが住んでいました。

ある日の事、お母さんヤギが言いました。

「お前たち。

お母さんは用事で出かけてくるから、ちゃんと留守番をしているのですよ。

それから最近は悪いオオカミが出るというから、用心するのですよ」

「お母さん、オオカミって、怖いの？」


（福娘童話集「オオカミと七匹の子ヤギ」）


「まあ驚いた」とお母さんヤギは言いました。

「あなたは今ごろになって何を言っているの」

「だって僕たちはまだオオカミを見たことがないもの」

「オオカミの口は耳まで裂けているのよ」

そう言いながらお母さんヤギは、口を大きく開けました。

「目は三白眼。三白眼ってわかる？　要するに白目ばかり」

「ゾンビだ！」と子ヤギたちは声を揃えました。

「ゾンビよりももっと危険よ」とお母さんヤギは言いました。

「だってオオカミの口には鋭い歯が生えているし、手や足には鋭い爪があるのよ。あなたたちなんか一呑みよ」

「あーん、怖いよー」

「大丈夫。家の中にいれば安全ですよ。

ただオオカミは悪賢いから、お母さんのふりをしてやって来るかもしれないわ。

オオカミはガラガラ声で黒い足をしているから、そんなのがお母さんのふりをしてやって来ても、決して家の中に入れてはいけませんよ」

「はーい、わかりました。では、いってらっしゃい」

子ヤギたちはお母さんヤギを見送ると、玄関のドアにカギをかけました。


（前掲サイト）

でもカギだけではまだ安心できません。長女ヤギが「監視カメラをドアの横に設置しましょう」と提案しました。

「そんなのどこにあるのさ」と弟や妹ヤギたちは言いました。

「買ってくればいいわよ」

「買うためには外出しなくてはならないよ」

「それにお金も必要だよ」

「ならば行政に電話して現状を訴えよう」と長男ヤギが言いました。

「つけてくれるかしら」

「住民の安全を守ることは行政の使命だよ」

長女ヤギがスマホを手にしたとき、窓の外を見ながら「あそこに公園があるね」と次男ヤギが言いました

「だから何?」と弟と妹ヤギたちは言いました。

「ベンチだよ」

「だから何さ」

「わからないのか。オオカミは社会のルールを守らない。もしもベンチを見つけたら、きっと大喜びで横になって昼寝をすると思う」

「別にいいじゃん」と弟ヤギが言いました。「そのためのベンチだよ。昼寝するのはオオカミだけとは限らない」

「家のベッドじゃなくてベンチで横になるような人は不審者だよ」

「不審者が来たら怖いよ」

「ゾンビもベンチで寝るかもしれない」

「どうしよう」

「これも行政に訴えよう」

　そう言ってから長女ヤギは市役所に電話をかけて、近隣に監視カメラを設置することと、ベンチに仕切り板を入れることを約束させました。

「監視カメラは今日やってくれるって」

「ベンチは？」

「ベンチはあちこちから依頼が来ているので来週以降になるらしいわ」

「まあとにかく、納税者としては当然の権利よ」

「これで不審者は近づいてこないね」

▲今の日本の「正しい」ベンチ

さてしばらくするとオオカミがやって来て、玄関の戸を叩いて言いました。

「坊やたち、開けておくれ、お母さんだよ」

すると、子ヤギたちが言いました。

「うそだい！　お母さんは、そんなガラガラ声じゃないよ」

「そうだ、そうだ。お前はオオカミだろう！」

（ちっ、声でばれたか）

そこでオオカミは薬屋に行くと、声がきれいになるというチョークを食べて、またやって来ました。


（前掲サイト）


ここでちょっとだけ閑話休題。

オオカミがチョークを食べて声をきれいにしたということの記述。子供の頃に読んで意味がよくわからなかった。おそらく誰もがそうだと思う。チョーク（chalk）とは黒板に字を書くための白墨。炭酸カルシウムや硫酸カルシウムを水で練って成型したもの。これに声をきれいにする効果があるのか。いやそもそも食べたり服用したりするものなのか。

ネットで検索したら、この疑問に対しての回答を二つ見つけた。ひとつめは国立国会図書館が全国の図書館等と構築している「レファレンス協同データベース」だ。グリムと同時代の医師であるザムエル・ハーネマンが打ち立てたホメオパシー（同質療法）の教本に、炭酸カルシウムまたは硫酸カルシウムが咽喉の薬であると記述されている、とのこと。つまり当時のドイツでは民間療法として、チョークは咽喉の薬だと思われていたらしい。

もうひとつは誤訳説。英語のチョーク（choke）には、「（人・動物を）窒息させる」「息をできなくさせる」「（管などを）ふさぐ」という意味がある。だからプロレスで相手の首を絞めたらアナウンサーは「チョークです！」と絶叫する。原則的には反則だけど、チョークスリーパーというグレイゾーンの技もある。咽喉が締められるから息が詰まって声が高くなる、という意味で使われて、それが「白墨を飲んだ」と訳されたとの説。しかしドイツ語のグリム原典でも「チョークを飲んだ」と書かれているらしいので、二つ目はかなり怪しい。

一つ目の説にせよ、まったく根拠はない。現代医学でホメオパシーはプラシボ（偽薬効果）以上の効果はないとしてほぼ否定されている。でもこの童話のこの箇所は、とても大事なことを伝えている。

声の重要性だ。

人はだれかを判断するとき、その声に大きく影響されている。初対面なのに何となく胡散臭い、あるいは何となく好感を持つ、そんな経験は誰にでもあるはずだ。それは声の影響が大きい。なぜ東南アジアの人はしゃがれたアヒルのような声でしゃべるのか。彼らがもしも北欧などに生まれていたら、もっと深くて低い声で話しているはずだ。

ちなみに日本の女性の声は世界一高いと言われているが、この背景には明らかにジェンダーバイアスが働いている。女の子はかわいい声でしゃべりなさいとの抑圧だ。

つまり声は、その人の環境や体質（体格）や文化を反映している。内面もしかり。そして多くの人は、誰かの声を聴きながら、その誰かについて無意識の領域でいろいろ判断している。人は見た目が9割というタイトルの本がベストセラーになったけれど、見た目よりも声のほうが実は影響は大きいのだ。

とにかく声の重要性を知っていたオオカミは、自分の本来の声を隠して子ヤギたちのお母さんの声を真似ることにした。

子ヤギたちの家に近づいてオオカミは驚いた。周囲は行政が設置した監視カメラだらけだ。さらに「テロ警戒中」「特別警戒実施中」「テロ警戒態勢強化中」などおどろおどろしい文字が入った看板やポスターが、いたるところに置かれたり貼られたりしている。

……何だよテロって。とオオカミは思わずつぶやく。

テロ（リズム）の定義は、政治的目的を達成するために暴力および暴力による脅迫を用いること。ただの暴力や大量殺人だけではテロにはならない。政治的な目的や狙いが前提なのだ。だから、イスラム復興主義を掲げてアメリカを攻撃したアルカイダや、日本帝国主義を批判して連続企業爆破事件を起こした東アジア反日武装戦線は、まさしくテロ組織だ。国民を恐怖で鎮圧することを目的に暴力を行使する今のミャンマー国軍の行いも、虐殺であると同時にテロであるともいえる。

でも最近は、大きな事件が起きるたびにこの言葉を使うメディアがとても多くなった。つまりテロのインフレ。なぜならテロという言葉を使えばインパクトは5割増し。その帰結として不安と恐怖が強くなる。だからメディアだけではなく政治や統治権力も、国民を管理して支持率を上げるためにテロという言葉を利用するようになる。

アメリカがアルカイダに攻撃されたときブッシュ政権は、イラクへの武力侵攻を「テロとの戦い」と宣言し、当時の日本（小泉政権）もこれを全面的に支持することを表明した。しかし今では、イラクのフセイン政権がアルカイダとは無関係で大量破壊兵器など存在していなかったことも明らかになっている。安倍政権は2017年に、野党だけではなく国民からも「市民団体も対象になる」「思っただけで逮捕される可能性がある」などと批判が強くて国会で三度も廃案になっていた「共謀罪」を、「テロ等組織犯罪準備罪」と名称を言い換えて成立させた。パレスチナを激しく攻撃して多くの市民を殺害している今のイスラエルも、ガザ地区を実効支配するハマスをテロ組織と認定することで攻撃の正当性を主張している。ならばイスラエルに言わねばならない。テロとレジスタンスは違う。最初に危害を加えたのはどちらの側なのかと。

こうしてテロの脅威を理由に、世界の法体系やセキュリティシステムは大きく変わりつつある。そしてなぜかその先頭集団の一員として走るのは、テロを体現するイスラム復興主義の脅威からは最も縁遠いはずの日本だ。

……まあそもそも、御伽噺の世界では絶対的なヒールである俺が日本の政治や社会について語っても説得力はないよな。そうつぶやいてからオオカミは、子ヤギたちの家の扉をノックした。

「坊やたち、開けておくれ、お母さんだよ」

「あっ、お母さんの声だ」

子ヤギたちは玄関にかけよりましたが、ドアのすき間から見えている足がまっ黒です。

「お母さんは、そんな黒い足じゃないよ」

「そうだ、そうだ。お前はオオカミだろう！」

（ちっ、足の色でばれたか）

そこでオオカミはパン屋に行くと、店の主人を脅かして、小麦粉で足を白くさせました。

「坊やたち、開けておくれ、お母さんだよ」

声もお母さんで、ドアのすき間から見える足もまっ白です。

「わーい、お母さん、お帰りなさい」

子ヤギたちがドアを開けると、オオカミが飛び込んできました。

「ウワォー、なんてうまそうな子ヤギだ」（前掲サイト）

このあとは誰もが知っている。帰ってきたお母さんヤギは、大きな時計の中に隠れていた末っ子ヤギから事の顛末を聞いて、あわてて外に出た。オオカミを探すつもりだった。でもすぐそばの公園のベンチで、6匹の子ヤギを食べてすっかり満腹してイビキをかきながら眠っているオオカミに気がついた。

「このベンチに仕切りがなくてよかったわ」

お母さんヤギは言った。末っ子ヤギは複雑な表情だ。

▲2020年に筆者がフィンランドで撮影したベンチ。
海外では日本のような仕切り板ベンチはほぼ見かけない

「もしかして、子どもたちはまだ生きているのかも」

そこでお母さんヤギは末っ子にハサミと針と糸を持ってこさせると、ハサミでオオカミのお腹を切ってみました。

すると、どうでしょう。

子ヤギたちが一匹、二匹と、みんな元気に飛び出して来たのです。

「わーい、お母さんだ。お母さんが助けてくれたんだ！」

子ヤギたちはお母さんヤギに抱きついて、ピョンピョンと飛び上がって喜びました。

お母さんヤギも、大喜びです。

でも、すぐに子ヤギたちに言いました。

「お前たち、すぐに小石を集めておいで。この悪いオオカミに、お仕置きをしなくてはね」

そして空っぽになったオオカミのお腹の中に、みんなで小石をつめ込むと、お母さんヤギが針と糸でチクチクとぬい合わせてしまいました。

さて、それからしばらくたったあと、やっと目を覚ましたオオカミは、のどが渇いて近くの泉に行きました。

「ああ、お腹が重い。少し食べ過ぎたかな？」

そしてオオカミが泉の水を飲もうとしたとたん、お腹の石の重さにバランスをくずして、オオカミはそのまま泉にドボンと落ちてしまいました。

「わぁ、わぁ、助けてくれー！　おれは泳げないんだ！　誰か助けてくれー！」

オオカミは大声で助けを呼びましたが、嫌われ者のオオカミは誰にも助けてもらえず、そのまま泉の底に沈んでしまいました。

（前掲サイト）


今回はここまで。最後に、子供時代にこの話を読んだときに思った（たぶん誰もが思う）ことを、僕は哀れなオオカミに言おうと思う。

あのさあ、よほど眠かったのかもしれないけれど、ハサミで腹を切られた段階で起きろよ。

第15話　漁師とおかみさん

多くの人が知るように、民話やおとぎ話のオリジナルには残酷な描写が多い。自分をタヌキ汁にしようとしたおばあさんを逆に婆汁にして煮込んだタヌキの背中にウサギが火をつけて泥船に乗せて溺れさせる「かちかち山」や、何も悪いことをしていない鬼たちを鬼であるとの理由で虐殺して金銀財宝を奪い取る「桃太郎」、カニに渋柿をぶつけて殺したサルに臼やハチや昆布などが徒党を組みながら徹底した仕返しをする「猿蟹合戦」などが日本の民話では典型だが、継母が幼い息子をシチューにして実の父親に食べさせたり魔女をかまどで焼き殺したり熟睡していたオオカミの腹を切って中に石を詰めたりするグリムもすさまじい。

だから今は、ウサギとタヌキは最後に仲直りするとか、欲深なおじいさんは反省してその後はまっとうに暮らしましたとか、キリギリスは心を入れ替えて勤勉に働くようになったとか、子供向けに毒を徹底的に抜いてアレンジされている場合が多い。

残虐なだけではなく、民話やおとぎ話にはまったく意味不明の物語も少なくない。やっぱりグリムに多いような気がする。例えば「はつかねずみと小鳥と腸詰の話」。以下はすごく大雑把なあらすじだ。

ネズミと小鳥と腸詰は三人で幸せに暮らしていた。小鳥は森で薪を集め、ネズミは水を運んで火を焚《た》いて食卓の用意をして、腸詰が料理担当だ。

でもある日、友だちの鳥から「君だけが苦労している」と言われた小鳥は、翌日に「役割を変えよう」とネズミと腸詰に告げる。こうして水汲みは小鳥が、料理はネズミが担当し、腸詰は薪を集めることになった。

でも腸詰は森で犬に食べられてしまう。ネズミは腸詰がしていたように熱したフライパンの中で転げまわりながら自分の味を食材につけようとして焼け死んだ。フライパンの蓋を開けて驚いた小鳥は、持っていた薪をかまどの前に落として火事になりかける。あわてて井戸から水を汲もうとした小鳥はつるべごと井戸の中に落ちて溺れ死ぬ。

……まったく意味がわからない。

仕事を安易に変えてはいけないとの教訓が語られていると解説している資料があったが、いやいやそれは違うだろ、と思わずつぶやいてしまった。

もうひとつ、残虐で意味不明な例を挙げる。タイトルは「コルベスさま」。

赤い車輪がついた荷馬車を四匹のネズミに引かせてメンドリとオンドリは出発した。目指すはコルベス様の家。途中でネコと石臼、卵、アヒル、留針と縫い針たちと出会い、彼らも荷馬車に乗ってコルベス様の家に着いた。しかしコルベス様は留守だった。そこでメンドリとオンドリは止まり木へ、ネコは暖炉、アヒルは井戸のつるべおけ、卵はタオルにくるまり、留針は椅子のクッションに刺さり、縫い針はベットの枕の真ん中にとびこみ、石臼は玄関の上の屋根で横になって、コルベス様の帰りを待った。

夜になって帰ってきたコルベス様が暖炉に火を起こそうとしたら、隠れていたネコがコルベス様の顔に灰をぶつけた。顔を洗うために井戸に向かったコルベス様はアヒルに水をかけられ、タオルで顔を拭こうとしたら割れた卵の中身で目が見えなくなり、椅子に座れば留針が尻を突き刺し、恐れおののいてベッドに横になれば枕に刺さっていた縫い針が頭を刺し、悲鳴をあげて外に出たら石臼が落ちてきてコルベス様を押しつぶした。

コルベス様はとても悪い人だったにちがいない。

……ここで物語は終わり。

これはひどい。そもそも物語として破綻している。言い出しっぺのメンドリとオンドリは、終盤ではまったく出てこない。

ちなみに最後の一行「コルベス様はとても悪い人だったにちがいない。」はグリムたちが編纂した最初の頃の版にはない。しかしさすがにこれでは終われないと考えたのか、第六版から加筆されたらしい。

「奇妙なお呼ばれ」は、へんてこさではグリムの中でもトップクラスだ。

白ソーセージ（レバーヴルスト）は赤ソーセージ（ブルートヴルスト）の家に昼食に呼ばれた。玄関に入って階段を昇りながら、喧嘩をする箒とシャベルや、頭に大怪我をして包帯を巻いた猿など、白ソーセージはへんてこなものと出くわした。

部屋に入った白ソーセージは赤ソーセージに階段で見た奇妙なものについて訊ねるが、赤ソーセージは聞こえないふりをする。料理の出来が気になると言って赤ソーセージが台所へ引っ込んだとき、突然部屋に入ってきた何かが「ここはソーセージ殺しの家だ！早く逃げろ！」と言った。

あわてて白ソーセージが窓から外へ飛び出すと、別の窓から長い包丁を持った赤ソーセージが白ソーセージを残念そうに睨みつけながら、「今度はただじゃおかないからな！」と叫んだ。

ほとんど悪夢だ。教訓も意味もカタルシスも何もない。だいたい「突然部屋に入ってきた何か」って何だ。気になって仕方がない。

今回は最後にもうひとつ。意味不明だけど何となく意味ありげな、いや深読みすればとても重要なテーマを提示している話を、やはりグリムから取り上げる。

タイトルは「漁師とおかみさん」。

むかしむかし、漁師とおかみさんが、汚くて小さな家に住んでいました。

ある日、漁師が釣りに出かけると、一匹のカレイが釣れました。

「おおっ、これは立派なカレイだ。よし、さっそく町へ売りに行こう」

漁師はそう言ってカレイをカゴに入れようとすると、そのカレイが漁師に話しかけてきたのです。

「漁師のおじさん。

実はわたしは、魔法をかけられた王子なのです。

お礼はしますから、わたしを海へ戻してください」

言葉を話すカレイに漁師はビックリしましたが、やがてカレイをカゴから出してやると言いました。

「それは、かわいそうに。

お礼なんていいから、はやく海にかえりなさい。

それから、二度と人間につかまるんじゃないよ」

漁師はカレイを、そのまま海へはなしてやりました。

さて、漁師が家に帰ってその事をおかみさんに話しますと、おかみさんはたいそう怒って言いました。
「バカだね！
お礼をすると言っているのだから、何か願い事でもかなえてもらえばよかったんだよ。
たとえば、こんな汚い家じゃなく、小さくても新しい家が欲しいとかね。
……さあ、なにをグズグズしているんだ。
はやくカレイのところに行って、願いをかなえてもらうんだよ！」
漁師は仕方なくもう一度海に行って、カレイに話しかけました。
するとカレイが海から出てきて、漁師に言いました。
「家に戻ってごらん。小さいけど、新しい家になっているよ」
漁師が家に帰ってみると、おかみさんが小さいけれど新しい家の前で喜んでいました。
しばらくは小さいけれど新しい家に住んでいましたが、やがておかみさんが言いました。

「こんな小さな家じゃなく、石造りのご殿に住みたいねえ。……さあ、なにをグズグズしているんだ。はやくカレイに、言っておいで」

漁師が海に行ってカレイにその事を話すと、カレイは言いました。

「家に戻ってごらん。小さな家が、石造りのご殿になっているよ」

家に戻ってみると、小さな家はとても大きな石造りのご殿になっていました。


大きな石造りのご殿に、おかみさんはすっかり満足しましたが、やがてそれにもあきてしまい、また漁師に言いました。

「家ばかり大きくても、家来がいないとつまらないね。やっぱり家来のたくさんいる、大貴族でないと。……さあ、何をグズグズしているんだ。はやくカレイに、言っておいで」

「でもお前、欲張りすぎじゃないのか？

大きな家をもらっただけで、いいじゃないか」

漁師がそう言うと、おかみさんは怖い顔で漁師をにらみつけました。

「なに、言っているんだい！

命を助けてやったんだから、そのくらい当然だよ。

さあ、はやく行っておいで！」

漁師は仕方なく、もう一度カレイにお願いしました。

でもカレイは少しもいやな顔をせずに、ニッコリ笑って言いました。

「家に戻ってごらん。大貴族になっているよ」

家に帰ってみると、おかみさんは大勢の家来にかこまれた大貴族になっていました。

大貴族になって何不自由ない生活でしたが、おかみさんはこれにもあきて、また漁師に言いました。

「いくら貴族といっても、しょせんは王さまの家来。

今度は、王さまになりたいね。

……さあ、何をグズグズしているんだ。

はやくカレイに、言っておいで」

「……」

おかみさんのわがままに、漁師はあきれてものが言えませんでした。

しかし、おかみさんにせかされると、仕方なくもう一度カレイのところへ行き、恥ずかしそうにおかみさんの願いを言いました。

「家に戻ってごらん。王さまになっているよ」

家に戻ってみると家はお城に変わっており、おかみさんのまわりには大勢の貴族や大臣がいました。

（福娘童話集「漁師とそのおかみさんの話」）


……なぜおかみさんの欲望はこれほどに際限がないのだろう。

かつては夫婦二人であばら家に住んでいたのだ。石造りの御殿で十分なはずだ。なぜ満足しないのか。なぜ家来を欲しがるのか。なぜ権力を求めるのか。

その理由は自明だ。さらにとても普遍的だ。新しいだけの家で満足できずに石造りの御殿などと思わず口走ってしまったが、その段階で自分たち夫婦には分不相応であることに、おかみさんは気づいていたはずだ。

ならばそこで満足するのか。あるいは元のあばら家に戻すのか。どちらもできない。なぜなら権力は肥大して暴走する。一度手にしたなら手放すことはできなくなる。それは世の習いだ。

「新聞なき政府か、政府なき新聞か。いずれかを選べと迫られたら、私はためらわず後者を選ぶ」

これはアメリカ独立宣言の起草者のひとりで第3代大統領でもあるトマス・ジェファーソンが残した言葉だ。つまり政府（政治権力）が存在するためには、これを監視する新聞（メディア）の存在が必要不可欠であると述べている。

もっともジェファーソンは、「新聞をまったく読まない人は読む人よりも真実に近づいている」などとトランプ前大統領が口にしそうなことも言っている。まったく矛盾したフレーズだが、奴隷制廃止を唱えながら自分は大勢の黒人奴隷を使役していたことが示すように、かなり矛盾した人物だったようだ。

ただし、政治権力は腐敗して肥大するからこそメディアの存在は重要であるとの提言は、新聞だけではなくテレビやネットなどメディアが多様化した現代においても、まったく変わらない（むしろより重要さを増した）基本的なテーゼだ。

多くの権力者は権力を際限なく求める。もう十分とかこのへんでいいかとは思わない。例えば豊臣秀吉にナポレオン・ボナパルト、チンギス・ハンにアレクサンダー大王など、権力に取りつかれた人はいくらでもいる。いや歴史をたどる必要はない。今の世界を見渡しても、自らの権力の座を長く維持するために憲法を変えたプーチンに習近平、ヨーロッパ最後の独裁国家と呼ばれるベラルーシのルカシェンコ、あるいはミャンマー国軍トップのミン・アウン・フラインにシリアのアサド大統領や北朝鮮の金正恩など、独裁的な権力者はほぼ例外なく、自分の力を手放すことを過剰におそれ、ジャーナリストを投獄し、メディアに圧力をかけ、自分の意のもとにコントロールしようとする。

とにかくおかみさんは不安だった。富を持てば持つほど、力を持てば持つほど、屋敷が大きくなればなるほど、その不安は強くなった。だから家来を求める。自分の意のままになる側近だけで周囲を固めたくなる。さらに大きな権力を手中にしたくなる。敵を探したくなる。いなければ無理矢理に敵を作ってこれを攻撃しようとする。だって怖いのだ。決して今の地位に飽きたわけではない。飽きたふりをしているだけなのだ。

とうとう王さまになったおかみさんですが、やがて王さまにもあきてしまいました。

「王さまよりも、法王さまの方が偉いからね。今度は、法王さまになりたいね。……さあ、何をグズグズしているんだ。はやくカレイに、言っておいで」

漁師からその願いを聞いたカレイは、少しビックリした様子ですが、今度も願いをかなえてくれました。

「家に戻ってごらん。法王さまになっているよ」

家に帰ってみると、おかみさんは多くの王さまをしたがえた法王さまになっていました。

とうとう、人間で一番偉い人になったのです。

でもやがて、おかみさんは法王さまにもあきてしまい、漁師に言いました。

「法王さまと言っても、しょせんは神さまのしもべ。

今度は、神さまになりたいね。

……さあ、何をグズグズしているんだ。

はやくカレイに、言っておいで」

その言葉に、漁師は泣いておかみさんに頼みました。

「神さまだなんて、そんなおそれおおい。お願いだから、やめておくれ」

でもおかみさんは、考えを変えようとしません。

漁師は仕方なく、もう一度カレイのところへ行きました。

するとカレイは、あきれた顔で言いました。

「お帰りなさい。おかみさんは、むかしのあばら家にいますよ」

漁師が家に帰ってみると、お城も家来たちもみんな消えてしまって、前の汚くて小さな家だけが残っていました。

それから漁師とおかみさんは、今まで通りの貧しい生活をおくったということです。
（前掲サイト）

物語はここまで。もし僕がグリム兄弟のどっちかならば、この話の最後に以下の一行を加えるだろう。

生活は貧しいけれど、その後に二人は、以前のように幸せな時間を取り戻しました。

あとがき

これまでの生涯で最も読書が楽しかった時期は、小学生から中学生にかけての時期だったと思う。

もちろん読書量については、執筆が仕事になった今のほうが多いかもしれない。でもその多くは仕事のため。つまり必要性に駆られての読書だ。夜眠る前くらいはと考えて、昔大好きだったSF関連（ジェイムズ・P・ホーガンとかフィリップ・K・ディックとかハーラン・エリソンとか）の文庫本を手にベッドに向かうのだけど、なぜか数ページももたない。睡魔に負けるわけではない。なんとなく集中力が持続できない。

だからやっぱり子供の頃を思い出す。風邪で学校を休むときは、これで一日本を読むことができると内心はうきうきしていた。毎月送られてくる「世界名作文学全集」が何よりも楽しみだった。もちろん「世界名作文学全集」はアンソロジーだ。コナン・ドイルや井伏鱒二、カレル・チャペックにメアリー・ノートンなどの本を学校の図書館で探しては何冊も借りていた。そんな日々はもう帰ってこないのだろうかと思うと少し寂しい。でも記憶はある。

もちろん読書量には個人差はあると思うけれど、桃太郎やブレーメンの音楽隊やアリとキリギリスの話を、一度も読んだことはないという人はきわめて少ないはずだ。記憶をたどりながら書いた。書きながら、子供時代に抱いた違和感も思い出す。その時代に違和感という語彙は持っていなかったけれど、なんか変だな、という感覚だ。大人になった今は思う。あの違和感は大切だったのだと。

編集担当の内田克弥に感謝。実は収められた話のうちいくつかは、彼のアドバイスに助けられている。そして何よりも、今この本を手にしてくれたあなたに最大限の感謝。ありがとう。期待に添う内容ならばよいけれど。

二〇二一年　九月一日

森　達也

桃太郎は鬼ヶ島を
もう一度襲撃することにした

著者 森達也

2021年10月25日 初版発行

森達也（もり たつや）
1956年、広島県生まれ。映画監督・作家・明治大学特任教授。98年、オウム真理教信者達の日常を映したドキュメンタリー映画『A』を公開。ベルリン国際映画祭などに正式招待され、話題となる。2001年、続編『A2』では山形国際ドキュメンタリー映画祭において特別賞・市民賞を受賞。16年、作曲家・佐村河内守氏に密着・撮影した『FAKE』も大きな話題に。19年公開の『i―新聞記者ドキュメント―』は、キネマ旬報ベストテン（文化映画）1位を獲得。作家としては、10年に刊行した『A3』にて第33回講談社ノンフィクション賞を受賞。他、著書に『放送禁止歌』『ニュースの深き欲望』『ドキュメンタリーは嘘をつく』『死刑』『「自分の子どもが殺されても同じことが言えるのか」と叫ぶ人に訊きたい』など多数。

発行者 横内正昭
発行所 株式会社ワニブックス
〒150-8482
東京都渋谷区恵比寿4-4-9えびす大黑ビル
電話 03-5449-2711（代表）
03-5449-2734（編集部）

装丁 小口翔平＋後藤 司（tobufune）
フォーマット 橘田浩志（アティック）
イラスト 鈴木勝久／SUGAR
写真 森 達也
協力 日笠昭彦
校正 玄冬書林
編集 内田克弥（ワニブックス）

印刷所 凸版印刷株式会社
DTP 株式会社 三協美術
製本所 ナショナル製本

定価はカバーに表示してあります。
落丁本・乱丁本は小社管理部宛にお送りください。送料は小社負担にてお取替えいたします。ただし、古書店等で購入したものに関してはお取替えできません。

ISBN 978-4-8470-6662-7
ワニブックスHP http://www.wani.co.jp/
WANI BOOKOUT http://www.wanibookout.com/
WANI BOOKS NewsCrunch https://wanibooks-newscrunch.com/